— 書き下ろし長編官能小説 —

禁断の未亡人ハーレム

九坂久太郎

竹書房ラブロマン文庫

目次

この作品は、竹書房ラブロマン文庫のために
書き下ろされたものです。

第一章　淫ら上戸の過ち

1

『拓実《たくみ》さん、今、大丈夫ですか？　ちょっと手を貸してほしいのだけど……』

夜、間もなく日付が変わろうとしている頃、宮下《みやした》拓実の部屋のドアがノックされた。

大学生の拓実は、明日も一限から講義がある。そろそろ風呂に入って寝なければと思いつつ、ついネット動画に興じてしまっていた。拓実はスマホを机に置き、椅子から立ってドアを開ける。

「どうしたの、母さん？」

そこにはパジャマ姿の母の由香里《ゆかり》がいて、困り顔で「志織《しおり》さんが帰ってきたんだけど……」と言った。それだけで拓実は事情を察し、廊下に出て、母と一緒に階段を下りた。

玄関に出ると、酔っ払いの臭気がツンと鼻を衝く。

三和土《たたき》から上がったところに、スーツの女性がうつぶせに倒れていた。

（やれやれ、今日もか……）

拓実は台所に行き、コップに水を汲んで戻ってくる。しゃがんで、うつぶせの彼女に呼びかけた。「姉さん、姉さん、こんなところで寝ちゃ駄目だよ。ほら、水。これを飲めば、少しは頭がすっきりするでしょう？」

「あぁ……うん……拓実くん、ただいまぁ」

かすれた声で彼女は答える。が、起きようとはしない。

この女性——宮下志織は、拓実の兄嫁である。つまり義理の姉だ。

年齢は二十八歳。ＩＴ会社に勤めていて、このところ彼女は、三日に一度はこんな有様で帰宅してくる。

その原因は、夫が死んでしまったから。

交通事故だった。拓実の父と兄の達也《たつや》はゴルフを趣味にしていて、休日に兄の運転する車でゴルフ練習場へと向かっていた。その途中でトラックと衝突し、二人とも帰らぬ人となったのである。一年前のことだ。

拓実の母も、志織も、愛する夫を喪《うしな》って、しばらくは食事もろくに取れないほど落ち込んでいた。

が、今ではだいぶ立ち直ってくれて、母はしっかりと家事をこなしているし、志織も、宮下家の家計を支えるために頑張って働いてくれている。

（それでも、やっぱりまだ悲しいんだろうな。姉さん、昔はこんなになるまでお酒を飲んだりしなかったのに……）

拓実は、母と力を合わせて志織を起こし、なんとかコップの水を飲ませた。

呆然と宙を眺めていた瞳に少しだけ意識の光が戻り、志織はふらふらと立ち上がる。

「あ……危ないよ、姉さん、ほら、僕の肩につかまって」

「大丈夫よぉ……拓実くんは、心配性なんだから……」

しかし、現に志織の膝はふにゃふにゃだ。理知的な彼女によく似合うスクエア型の眼鏡が、今はみっともなく斜めにずれたままだった。どう見ても、大丈夫そうな人ではない。

拓実は肩を貸す形で、志織の身体を支える。彼女は比較的スリムな体型なので、ぐったりと寄りかかられてもそれほど重たいとは思わなかった。

「僕が姉さんを部屋まで連れていくから、母さんはもう寝ちゃっていいよ」

「一人で平気ですか？　そう……じゃあ、お願いします。階段を上がるときは気をつけてくださいね」

そう言いながら、やっぱり心配なのか、母は階段を上る拓実たちの後についてくる。拓実か志織、どちらかが足を踏み外したときには、階段から転げ落ちないように身体を支えてくれるつもりなのだろう。

そんな優しい母がすぐ後ろにいるというのに、拓実の胸中には邪《よこしま》な感情が込み上げつつあった。

なにしろ、肩を貸すことで、志織の身体がぴったりと密着しているのだ。体つきはスレンダーだが、胸の膨《ふく》らみはなかなかのもので、柔らかな肉の感触がスーツ越しにムニュッと押しつけられているのである。

（昔、兄さんがこっそり教えてくれたっけ。志織さん、Fカップだって）

拓実の股間が熱くなり、少しずつズボンを張り詰めさせていく。

まずいと思ったが、止められなかった。酔っ払いの臭気に混じった、女体の発する甘いアロマも、牡《おす》の官能を高ぶらせてくる。

すぐ後ろの母は、息子が義姉にそんなふしだらな念を抱いているなど、夢にも思っていない様子だった。やがて拓実たちが二階まで上がりきると、母は安心した顔で、一階の自分の寝室に帰っていった。

拓実はほっと息をつき、二階の廊下の突き当たりにある志織の私室へと向かう。かつては若夫婦の、今は彼女一人の部屋だ。

よたよたと廊下を進み、ドアを開けて中に入ると、壁際に設置されたベッドの縁《ふち》によっこらせと志織を座らせた。

「ふぅ……それじゃ姉さん、寝る前にちゃんと着替えなきゃ駄目だよ。スマホの充電と、目覚ましのセットも忘れずにね。僕がやっておく？」

「……スマホと、目覚ましね。ええ、わかってる……自分でできるわ」

水を飲んで、少し頭がすっきりしたのか、しゃべり方が多少まともになっていた。

「そう。じゃあおやすみ、姉さん」

拓実は彼女から離れ、部屋から出ていこうとする。

そのとき、後ろから志織が手を伸ばしてきた。彼女の手は、拓実を引き止めるようにギュッとつかんだ。拓実の手でもなく、服の裾でもなく——股間の膨らみを。

「あうぅッ！　な、なにするの、姉さんっ？」

夜中だというのに、拓実は危うく大声を出しそうになる。

志織の右手は、デニム生地の上から的確に陰茎を捉え、艶《なま》めかしい手つきで揉《も》んできた。すでに八割ほど勃起《ぼっき》していたペニスは、瞬《また》く間にフルサイズまで怒張する。

「ちょっ……だ、駄目だって、姉さん、やめてよっ」

「なによ、こんなに硬くしちゃって……。姉の身体に触れて、いやらしいことを考えていたのね？　拓実くんったら悪い子だわ」

志織は後ろから拓実を抱き締める。抱擁というよりは拘束だ。

そして今度は妖しい摩擦感《まさつかん》が、ペニスの先から根元までを這《は》い回った。

（ああっ……あの姉さんがこんなことをするなんて……！）

普段の志織はとても真面目な性格で、優しくしとやかな、大人の理系美女である。

そんな彼女が義理の弟に淫《みだ》らな悪戯《いたずら》をするなど、拓実には思いも寄らなかった。酔ったときは少々羽目を外す質《たち》の彼女だが、ここまでのことをしてきたのは初めてだ。

彼女の掌《てのひら》が、さらに拓実の股間のテントを小気味良くキュッキュッと握ってくる。

それは人妻だった女の手技なのか。込み上げる快美感に拓実は腰を戦慄《わなな》かせた。

「おぅ、うううっ」

膝がカクカクと震える。歯を食い縛って下半身に力を入れると、ジュワッと、熱いものが尿道を通り抜けた。

（くうっ……さ、先走っちゃった）

濡れたパンツの不快感が、皮肉にも冷静な思考を取り戻させる。このまま姉さんの好きにさせていいのだろうか？　後で酔いが醒めたら、真面目な姉さんはきっと後悔するだろう。それに、死んだ兄さんにも申し訳ない。こんなこと、もうやめさせないと――。

しかし童貞の拓実にとって、初めて異性からもたらされた性感は刺激的すぎた。自ら手淫を施《ほどこ》すのとはまるで違う、たまらない興奮と心地良さだった。良くないことだとわかっていても、彼女の手を払いのけることができない。頭の中で理性と欲望がせめぎ合う。

逡巡しているうちに、彼女の淫らな手はさらにエスカレートした。ジーパンのボタンが外され、ファスナーが下ろされ、ボクサーパンツの膨らみがあからさまにされてしまう。

「ね、姉さん、それはさすがに……あ、あぅうっ」

彼女の手が下から上へと、慈《いつく》しむようにパンツの膨らみを撫でてきた。掌で包み込んでは柔らかく揉んだ。ズボン越しよりもさらに甘美になった刺激に、拓実はビクビクッと腰を震わせる。

「うふふっ、見ぃつけた……。オチ×チンの気持ちいいところ、ここでしょう？」

志織の指先が、亀頭と幹を繋《つな》ぐ縫い目——裏筋を捉えた。

力を込めて指先を擦《こす》りつけてくる。ボクサーパンツの布地と裏筋がゴシゴシと擦れ合い、拓実は思わず呻《うめ》き声を漏《も》らす。新たなカウパー腺液が尿道の奥から迫《せ》り上がってくる。

「くううっ……だ、駄目だよ、姉さん……あ、あっ」

拓実は夢でも見ているのかと思った。信じられないような淫夢を。

いやらしいことになど興味なさそうな、お堅い印象すらあったあの志織が、その指で、娼婦の如く男性器の急所を責め立てているのだから。

しかも背中には、大きな魅惑の膨らみが押しつけられている。志織は甘い吐息と共に、拓実の耳元に囁いてきた。

「ふふふっ、もうエッチなお汁でパンツがぐっしょりね。お漏らししたみたいで気持ち悪いでしょう？　今、脱がせてあげる……」

志織は拓実の前に回り込んでひざまずき、ジーパンごとボクサーパンツのウエストに指をひっかけ、ゆっくりと下ろしていった。拓実は混乱と肉欲に心が蝕《むしば》まれ、なすがままの状態だった。

「さあ……ご対面よ」

ペニスの先端がパンツの布地に絡《から》まって、いったん下に引っ張られる。ジーパンとボクサーパンツがさらにずり下ろされると、絡まりが外れて、肉棒が勢いよく反《そ》り返《かえ》った。まるでバネ仕掛けのオモチャのように。

「わっ!?　あらあら、あらぁ……凄いわ、とっても元気ねぇ」

両脚からジーパンとパンツを抜き取ると、志織は酔いに潤《うる》んだ瞳を大きくして、隆々とそそり立つペニスをまじまじと見つめる。

「それに凄く大きい……。拓実くんのオチ×チン、こんなに立派だったのね」

義姉の褒め言葉を受けて、嬉しくも面映《おもは》ゆい気持ちに拓実は頰《ほお》を赤らめる。

勃起したときのペニスの大きさには、以前から密かに自信があった。ただ、今日の息子は特に大きい。いつもよりさらにサイズアップして、十八センチ近くまで怒張していた。それだけ興奮しているということだろうか。

志織は手を伸ばし、細指がペニスの胴に絡みつく。

竿の付け根から上に向かって、キュッキュッと繰り返し握っていく。

「先っぽは胴体の部分ほど硬くはないのよね……。でも、パンパンに張り詰めていて、思いっ切り膨らませた風船みたい。このままじゃ破裂しちゃいそうだわ」

亀頭をつまみ、プニプニと弄《もてあそ》ぶ志織の指。鈴口から溢《あふ》れた透明な液が、雁首《かりくび》の方まで塗《ぬ》りたくられた。

「あぁぁ、ヌルヌルした指が……う、うぐっ」

それから志織は、手筒で再び竿を包み込む。そして、ゆるゆるとしごき始めた。

「オチ×チンが破裂しないように……中のものを抜いてあげないといけないわね」

仄《ほの》かにひんやりとした、なめらかな掌の感触が、ペニスの根元から雁首までの間を往復する。しゅるり、しゅるり。

(ね、姉さん……とうとう手コキまで……！)

手筒の動きは徐々に加速し、やがてはリズミカルに肉棒を擦るようになった。

手首のスナップを利かせた動きは、とても初めての行為とは思えない。元人妻の、慣れた手つきだ。

(兄さんにも、こんなことをしてあげていたのか？　あの姉さんが……ああ、信じられない。頭の中がグルグルする)

今の志織は、拓実の知っている志織とはまるで別人だ。しかし、普段とのギャップが、なおさら拓実の官能を揺さぶる。身体中の血がたぎる。その血が股間に集まっていく。

「あん、拓実くんのオチ×チン、すっごく熱い……手が火傷《やけど》しちゃいそう……」

眼鏡の奥のとろんとした瞳が、媚《こ》びるような眼差しで拓実を見上げてきた。拓実は恥ずかしくて目を逸《そ》らす。すると彼女はふふっと笑い、拓実の全身の血はますます熱くなった。

裏筋は引《ひ》き攣《つ》り、鈴口からカウパー腺液が玉のように溢れる。

志織の施す手淫は、拓実の普段のオナニーに比べれば遙《はる》かにおとなしかった。それなのに、いつも以上に性感が高まっていく。掌の感触、竿を握る力加減、シコシコとしごくスピード、どれもが新鮮な感覚で、これまでにない愉悦《ゆえつ》をもたらしてくれる。

（こ、これ、ヤバイんじゃないか……!?）

彼女がしごき始めて、まだ一、二分しか経っていない。なのに下腹が鈍く痺《しび》れるような、あのお馴染みの感覚が込み上げてきた。

射精が迫る感覚である。それは一瞬で臨界点を越えた。

「あっ……ダメ、姉さん……で、出るッ……！」

その言葉を聞くや志織は、一片の躊躇《ため》らいも見せずに亀頭を咥《くわ》える。

その直後、白いマグマが尿道を駆け抜け、勢いよく噴き出した。

「うぅうおっ、く、くーッ!!」

射精の発作は一度では収まらず、二度、三度と続き、義姉であり未亡人である志織の口内に多量の樹液を注ぎ込む。

釣り上げた魚のようにペニスは跳ね回り、さらに四度、五度と、吐精の喜悦は続いた。

(姉さんの口に……こ、口内射精……!?)

AVなどで観るだけなら大好きなプレイだが、今は罪悪感が湧き上がってくる。

しかし拓実は精力をみなぎらせた十九歳。ザーメンは止めようにも止まらず、彼女の口の中をいっぱいに満たしていった。

「あぁあぁ……ご……ごめんなさい、姉さん……」

腰の痙攣《けいれん》が治まると、拓実は情けない声で謝った。

すると志織は、白濁液《はくだくえき》をこぼさないように固く肉幹を咥えたまま、優しげに目を細める。少しも怒っていないようだった。

それどころか彼女は、静かに喉《のど》を鳴らして口の中のものを飲み下していった。

(ゴックンまで……!)

驚きと共に、人生初の口内射精の興奮と感動が溢れ、拓実の胸を熱くする。

志織はペニスを吐き出し、ザーメン臭の籠《こ》もった吐息を漏らした。

「ふぅ……いっぱい出たわね。ふふっ、そんなに気持ち良かった?」

「う、うん……とっても」

精液と一緒に魂まで吐き出してしまったような感覚だった。拓実は乱れた呼吸に肩を上下させる。全身がだるくて、膝もプルプルと震えていた。こんなに疲労する射精は初めてだ。

しかし肉欲は鎮《しず》まるどころか、さらに高まっていく。若茎は未だ力感を失わず、胸を張って天を仰《あお》いでいる。

それを見て、志織は嬉しそうに微笑《ほほえ》んだ。

「ねえ、拓実くぅん……うふっ」

コケティッシュに首を傾《かし》げると、耳の穴を愛撫するような甘い声で尋ねてくる。

「次は私も……気持ち良くしてくれる？」

「えっ……わ、私もって……」

拓実の返事を待たずに志織は動きだす。立ち上がってジャケットのボタンを外し、そのまま床に脱ぎ捨てた。あっという間にスカートも放り投げる。

手早くパンティストッキングも脱ぎ去り、白のパンティも爪先から抜き取って、上半身の下着とブラウスのみという、なんとも扇情的な格好となった。

（あ、あ、あのブラウスの裾の向こうに、女の人のアソコが……）

拓実はつい目を皿のようにする。白のブラウスの薄い生地に、もやもやした黒いものが透けているような気がした。

「……さぁ拓実くん、こっちよ」

拓実もすでに下半身は剝《む》き出しの状態である。志織は拓実の手首をつかみ、半《なか》ば強引にダブルベッドへと誘った。そして彼女は、突然、もたれかかるように拓実に抱きついてきた。

「うわっ？」

拓実はバランスを崩し、二人の身体はベッドに倒れ込む。

「うふふっ……押し倒しちゃった」

ねっとりとした熱い息を吐き出して、志織が囁く。

拓実の上に、柔らかな大人の女の身体が覆《おお》い被《かぶ》さっていた。

視線が間近で交差する。義姉の美貌が悪戯っぽく微笑んでいる。潤んだ瞳が、赤らんだ頬が、なんとも色っぽい。

拓実はゴクッと生唾《なまつば》を飲み込んだ。

(姉さん、本気なのか？　本気で……僕とセックスを？)

思いがけなく訪れた童貞卒業の機会に、拓実は胸を高鳴らせる。

だが、わずかな迷いがまだ残っていた。これほどに泥酔している彼女と性行為に及んで本当にいいのだろうかと。

手淫や口内射精だけでも充分に問題だが、ここで引き返せば、ギリギリ〝酔っ払いの笑い話〟の範疇《はんちゅう》ですませられるかもしれない。

だが、義理とはいえ家族同士でセックスまでしてしまったら、それは明らかに一線を越えた行為だ。下手《へた》をすれば家庭が崩壊してしまう可能性もある。ただでさえこの宮下家は、家族を二人失ったことで、未だに少々不安定な状態なのだ。

「や……やっぱり駄目だよ、姉さん、これ以上は……」

残された理性を振り絞って、拓実は彼女にそう告げた。

そして、ベッド脇のサイドテーブルにチラリと目を向ける。釣られるように志織も視線をやった。そこには写真立てが置かれていて、微笑む亡き兄と志織が、仲良く寄り添っていた。

写真を見た志織は眉をひそめ、赤ら顔に罪悪感の色を浮かべる。

が、それは一瞬のことだった。彼女は拗《す》ねた子供のように唇を尖らせ、

「……あなたが悪いのよ。絶対幸せにするって約束したくせに、私を置いてっちゃったんだから」

写真に向かって恨めしげに呟《つぶや》くと、再び拓実に視線を戻し、鼻先がくっつきそうな距離から睨みつけてくる。

「死んだ兄の代わりに義理の姉を慰めるのは、弟の務《つと》めだと思わない？　拓実くんだって、私の口の中にあんなに射精して、ドロドロの苦ーい精液をたっぷり飲ませたくせに、自分だけ気持ち良くなって、それで終わりにしちゃうつもりなの？　酷い、酷いわあぁ」

「ええっ？　そ、それは僕が無理矢理にそうさせたわけじゃ……って、声が大きいよ。一階の母さんの部屋まで聞こえちゃう……！」

拓実は口の前に人差し指を立て、シーッとする。が、志織は苛立《いらだ》ちのままに声を荒らげた。

「いいわよ、別にお母様に聞こえても。そんな自分勝手な拓実くんは、お母様に叱られちゃえばいいんだわっ」

ぷっくりと頬を膨らませ、フンッと鼻を鳴らす志織。

しかし、どう考えても叱られるのは彼女の方だ。いや、叱られるだけではすまないだろう。これ以上、彼女に大きな声を出させるわけにはいかない。拓実は覚悟を決めた。

「わ、わかったよ。する、セックスします。だから大声出さないで」

するとと志織はコロリと表情を変え、笑顔で顔をいっぱいにする。

「なぁに、拓実くん、そんなに私とセックスしたいの？　うふふっ……もう、エッチなんだから。しょうがないわねぇ」

拓実は呆《あき》れ、思わず漏れそうになった言葉をすんでのところで呑み込んだ。ええい、この酔っ払いめ。

だが、彼女の言っていることも間違いではない。大学生ともなれば、キャンパスでイチャイチャしているカップルを見るのも日常茶飯事。友達の中にも、彼女がいて、すでにセックスを経験している者は少なくない。拓実だって、一日も早く大人の階段を上ってみたかった。

しかも拓実は年上好み。志織のような大人の、しかも美しい女性が初体験の相手なら、きっと一生の思い出となるだろう。

ペニスは未だ屹立《きつりつ》を維持していた。志織に促《うなが》され、ダブルベッドの真ん中で仰向《あおむ》けになる。志織は拓実の腰をまたいで立った。スレンダーな彼女の、艶めかしい肉を薄くまとった太腿に、拓実は目を奪われる。

「じゃあ……私がしっかりリードしてあげるから、拓実くんはそうやって寝ているだけでいいわよ。うふふっ……」

「は、はい……お願いします」

童貞の拓実としては、なにからなにまでお任せしたい気持ちだった。

仰向けで見上げていると、彼女のブラウスの裾の向こうがチラリと見えた。ダークローズの花弁が、股間の割れ目から堂々とはみ出していた。恥丘を彩るつややかな茂みは、縦長に綺麗に刈られているようである。

しかし、見えたのはその一瞬だけ。志織は相撲取りが四股《しこ》を踏むときのようにゆっくりと腰を下ろしていって、女の秘部はまたブラウスの裾に隠れてしまった。

彼女は手を伸ばし、拓実の下腹に張りついている肉棒を握り起こす。そしてさらに腰を落とし——ヌチュッと、ついに亀頭が柔らかな肉に触れる。

それだけで軽微《けいび》な愉悦が走り、拓実は思わずウッと呻いた。

志織がクスッと笑う。「もう感じちゃったの？　ふふっ……これからもっともっと気持ち良くなるんだから、覚悟しなさい。ほうら……」

肉溝に鈴口が埋まり、大振りのビラビラが亀頭に絡みついていた。志織が妖しく腰をくねらせると、互いの肉がヌルヌルと擦れ合う。媚肉《びにく》はすでに充分なぬめりを帯びていた。

（あぁぁ、僕のチ×ポと姉さんのアソコが、まるでキスしているみたいだ。柔らかくてヌメヌメしたものが亀頭に吸いついてきて……たまらないよ、チ×ポの先がウズウズしてくるっ）

続いて志織は腰を小さく上下させた。ぬかるみの窪みに亀頭が嵌《は》まっては外れ、チュポッ、チュポッと淫靡《いんび》な音色を響かせる。その音を聞いているうち、わずかに残っていた拓実の理性も麻痺《まひ》していった。

「ああっ、姉さん、焦《じ》らさないで……は、早くぅ」

尿道口から絶えず先走り汁を吹きこぼし、拓実は切羽詰まった声を上げる。

「うふっ、もう我慢できないのね。いいわ、入れてあげる……」

志織は満面の笑みを浮かべ、ペニスの先を肉溝の中の窪みにあてがった。きっとそこが膣穴の入り口に違いない。

いよいよだと緊張し、拓実は身を硬くした。

（一回射精したんだから、少しは長持ちするはず。できるだけ長く、初めてのセックスを愉《たの》しみたい。ああ、ごめんよ、天国の兄さん。どうか赦《ゆる》してね）

志織の身体がゆっくりと沈んでいく。牡と牝《めす》の接触部分が、ブラウスの裾に隠れているのがもどかしい。裾をめくって挿入の瞬間を見せてほしかったが、それを言う勇気が拓実にはなかった。

ただ、見えない分、淫らな空想が頭の中で膨れ上がり、ペニスの感覚も普段より鋭敏になっているような気がする。張り詰めた雁エラが膣口に引っ掛かっているのがわかった。次の瞬間、勢いよく肉の門を潜って、ついに内部へと侵入する。

「アアッ……は、入ってきた、キタあぁ……はぁん、凄いわ、拓実くんのオチ×チン、やっぱり大きいぃ」

悩ましげに身をくねらせる志織。しかし、腰の下降は止まらず、剛直はズブズブと呑み込まれていった。大人の男になる瞬間を、拓実はペニスの感覚でしっかりと味わう。感動が胸の中いっぱいに膨れ上がった。

（なんて気持ちいいんだ。ヌルヌルしている壁がチ×ポに吸いついてきて……それにとっても熱い。まるでお湯の中みたいだ。これが女の人のオマ×コ……！）

初めての膣壺は、想像を遙かに超える心地良さだった。

新たなカウパー腺液がドクドクと溢れ出す。拓実は高ぶる性感に翻弄《ほんろう》されつつも、すぐには漏らさないように尻穴に力を込める。

（こんな気持ちのいいことを知っちゃったら、一人でオナニーするのが馬鹿らしくなるな）

などと考えていると、新たな事態が拓実の想像をさらに絶した。

ペニスの三分の一ほどが埋まったところで、不意に挿入が止まる。膣口のときと同じように、亀頭がなにかに引っ掛かったのだ。まさかもう行き止まりかと、拓実は戸惑った。しかし、そうではなかった。

「ううぅ……うんっ」

唸るように一声上げて、志織はさらに腰を下ろす。

と、行き止まりのような肉路の狭まりを強引に潜り抜けて、ペニスは勢いよくその先へ呑み込まれた。雁首に強い摩擦快感が走り、拓実はたまらず「おうっ」と呻く。

（な……なんだ、今の⁉）

肉路の途中にある狭まりが、雁のくびれを力強く締めつけていた。

そして膣の入り口も、同様にペニスの幹を締めつけている。入り口と中間の二箇所が、膣路の中で特に強烈にペニスを締め上げてくるのだ。

（これ、ネットで見たことがある。名器ってやつじゃ……⁉）

確か〝俵締め〟というのではなかったろうか。一般的に膣穴の中で一番強い膣圧を誇るのは、入り口の部分だという。だが、俵締めの名器を持つ女性は、膣路の途中にも、膣口に匹敵する力で締めつけてくる部分があるのだとか。

二箇所の締めつけは、志織の呼吸に合わせるようにときおり緩《ゆる》み、また活き活《い》きと膣圧をかけてくる。竿と共に雁首が、まるで揉まれるようにキュッキュー一ッとくびられ、拓実の背筋をゾクゾクするものが駆け抜けた。

(ヤ、ヤバイぞ。まだ入りきってもいないのに、めちゃくちゃ気持ちいいっ)

せっかく童貞を卒業したというのに、感慨を抱いている余裕はなかった。思いも寄らぬ名器ぶりにペニスは打ち震え、陰嚢《いんのう》はみるみる迫り上がっていく。

「あはっ、ああっ……このオチ×チン、とっても素敵よ。いきなり全部入れるのがもったいないわぁ」

志織は淫蕩《いんとう》な笑みを浮かべて膝を震わせ、内腿に艶めかしい筋を浮かばせた。

「まずは入り口で愉しませて……ね?」

そして緩やかに女腰を揺らし始める。まさに下の口で肉棒をしゃぶり立てる。

上下に、左右に、臼《うす》を挽《ひ》くように円を描いて――動きに合わせてヌチュヌチュと破《は》廉恥《れんち》な水音が鳴り響いた。

「……ッ!」

あまりの快感に、拓実は奥歯を噛《か》み締める。

女蜜にぬめる肉襞《にくひだ》がペニスと擦れ合う。ぴったりと張りついて、亀頭や竿をなめらかに愛撫してくる。まだ小手調べのような腰の動きでありながら、その感触は、オナニーの悦《よろこ》びなど軽々と凌駕した。

それに加えて名器の二段締めである。ペニスの半分ほどが潜り込む挿入で小刻みにピストンされると、亀頭冠の出っ張った部分がちょうど引っ掛かってめくれそうになり、そのたびに痺れるような肉悦が走る。

(あああっ……う、嘘だろ、たった今、出したばかりなのに……!?)

志織が腰を動かし始めて、まだほんの一、二分しか経っていなかった。

しかし若勃起はすでに限界間近の状態だった。

そして次の瞬間には、射精感が頂点に達する。あまりに一瞬のことで、肛門に力を込めて耐えることも叶《かな》わなかった。決壊した前立腺を越え、二度目の白濁液が尿道を駆け抜ける。

「くおおおっ……姉さん、ごめん、で、出るウゥゥ!!」

怒濤《どとう》の勢いでザーメンが噴き出し、膣路の奥へ、未踏の最深部へ向かってビュッ、ビュビューッと注がれていった。荒ぶる腰の痙攣は、もはや拓実自身の意思では止められない。

「え、えつ？　あぁん、熱ぅいっ」

驚きの表情で、志織は淫らな腰使いを止めた。しかし、その後も射精は長々と続く。ビクンビクンと律動する肉棒。吐き出される愉悦と罪悪感。

やがて、放精の勢いは収束していく。

志織は目を丸くして拓実を見下ろした。

「も……もうイッちゃったんだ……早かったわね……」

それは男を最も傷つける言葉だった。

拓実の胸の中で恥ずかしさと情けなさが爆発する。全身が燃えるように熱くなった。ゆらゆらと視界が歪《ゆが》んだ。両目いっぱいに涙が溢れていた。

「……ごめんなさいッ！」

力任せに結合を解いて、拓実は彼女の下から抜け出す。キャッという悲鳴が聞こえたが、床に落ちていたズボンとパンツをひっつかみ、逃げるように義姉の部屋を飛び出した。

閉めたドアの向こうから、彼女がなにか言っているのが聞こえた気がしたが、拓実は振り返らず、自分の部屋に駆け込んだ。

その夜は寝られなかった。

2

（あぁ、拓実くんに合わせる顔がないわ。私、本当になんてことを……）

志織は重い足取りで夜道を歩く。会社からの帰宅の途中だった。

昨夜のことは、ほぼすべて覚えていた。今朝、ベッドで目を覚まし、自室に立ち込める精液の残り香を吸い込んだ瞬間、自分のしでかしたことがまざまざと脳裏に蘇《よみがえ》ったのだ。

（よりにもよって拓実くんとセックスしてしまうなんて……ううん、あれはセックスというより、ほとんどレイプよ。私、拓実くんを犯してしまったんだわ……！）

記憶だけでなく、肉体にも感覚が残っていた。義弟の若茎を挿入したときの感覚は、身体の芯にしっかりと刻まれていた。

（あっ……も、もう、またっ……）

志織は紅潮した美貌をしかめる。立ち止まって、左右の内腿をギュッと挟みつけた。膣穴の奥から熱い液体が浸《し》み出してきたのだ。今日は朝からこの調子だった。ふとした弾《はず》みで淫らな感情が込み上げ、それが女蜜となって何度となく秘所を濡らした。

（未亡人になってから、オナニーも全然してなかったけれど……きっとそれが良くなかったんだわ）

夫を亡くした自分が自慰に耽《ふけ》るなど不謹慎《ふきんしん》だと思っていたのである。しかし、そうやって無理に抑《おさ》え込《こ》んだ性欲がリバウンドしてしまったのだろう。

その結果が、昨夜の大失態だ。

朝起きたとき、志織の股間は、逆流して溢れ出したザーメンのせいで酷い有様になっていた。トイレに駆け込み、多少は指で掻き出してから家を出たのだが、未だに奥の方に残っている気がする。

（私のアソコ、なんだか過敏になってるみたい。拓実くんの精液を浴びて、アソコに火がついちゃったのかしら）

溜め息をついて、再び歩きだす。角を曲がると我が家が見えてきた。足取りは牛歩の如く、さらに鈍る。家に帰るのが怖かった。だが、どんなにのろのろと歩いても、結局はたどり着いてしまう。

（とにかく拓実くんに謝らないと……。きっと童貞だったのよね。彼の大切な初めてを、義理の姉の私が奪ってしまったんだわ。ああ、このことがお母様に知られたら、きっと私、この家から追い出されちゃう）

ギギギィと耳障りな音を立てる門扉を潜り、恐る恐る玄関の扉を開けた。

怒り心頭に発する義母が待ち構えているのではと怯《おび》えていたが、それは杞憂《きゆう》だった。玄関の扉を閉めると、ほどなく義母が玄関にやってきたが、彼女はほっとした顔で優しく志織を迎えてくれた。

「おかえりなさい、志織さん。今日もお仕事、お疲れ様でした」

「た、ただいま帰りました、お母様。ありがとうございます……」

拓実はどうやら、彼女になにも言わないでくれたようである。志織は心の中で胸を撫で下ろす。

時刻は夜の十一時を過ぎていた。志織の帰宅を確認した義母は、安心した様子で自室に戻っていった。志織は足を忍ばせて階段を上がる。二階の廊下の途中にあるのが拓実の部屋だ。

ドアの前に立って深呼吸をし、ノックをした。

「……どうぞ」

部屋の中から声がした。志織はおずおずとドアを開け、中に入る。

「おかえりなさい、姉さん」

拓実はどうやら勉強をしていたようだ。机に向かったまま、顔だけこちらに向けて微笑んだ。志織には、少しぎこちない笑みに見えた。

「ただいま。……ねぇ拓実くん、お話があるんだけど、ちょっといいかしら？」

「え……な、なに？」

拓実は椅子を回して、こちらを身体を向ける。しかし、強張《こわば》った表情は伏し目がちで、なかなか志織を見ようとしない。

(家族とセックスしてしまったんだもの。気まずいに決まっているわよね)

申し訳ない思いに駆られ、志織は深々と頭を下げた。

「昨日の夜は……本当にごめんなさいっ」

「ちょっ、ちょっと姉さん……！　やめてよ、そんな、顔を上げてっ」

椅子から立ち上がり、困惑した声を上げる拓実。

しかし、すぐさま彼の言葉に甘えるわけにはいかなかった。

「昨日は飲みすぎちゃったの……。ううん、昨日に限らないわよね。このところ私、しょっちゅう酔っ払って帰ってきて、拓実くんにもお母様にも迷惑をかけて……」

酒の量が増えたのは、愛する夫の達也を喪った悲しみを紛《まぎ》らわせるためだった。今は悲しんでいる場合ではない。自分がしっかりと働かなければ、家族が生きていけないのだから。

が、だからといって、昨夜のことが赦されるわけではない。

「そのうえ昨日の夜は、拓実くんにあんな酷いことを……本当にごめんなさい。嫌な思いをさせてしまって……」

「嫌な思いなんて、別に……と、とにかく、そんなに謝らないで。僕、怒ったりしてないから」

志織は、静かに身体を起こす。

「だけど……拓実くんは、あの……初めてだったのよね？　なのに最初の相手が私なんかで、がっかりしたでしょう？」

「う……た、確かに童貞だったけど……」

拓実の頬が赤く染まった。

「でも、がっかりなんてしてない。姉さんみたいな綺麗な人が初めての相手になってくれて、不満なんて全然ないよ」

志織の心臓がトクンと高鳴る。

「わ、私で良かったの……？」

まるで火がついたみたいに胸が熱くなった。

その熱が周囲に広がって、心地良く全身を火照《ほて》らせていく。

拓実は「うん」と頷《うなず》いた。「姉さんにセックスを迫られたとき、これで童貞を捨てられるって思った。ラッキーだって気持ちも正直あったんだ。だから姉さんが謝ることはないよ。むしろ……僕の方こそ、ごめんなさい」

「え……な、なんで拓実くんが謝るの……？」

拓実は、肩を落としてうなだれた。叱られた子供のような上目遣いで、ぼそりと、

「だって僕、すぐに射精しちゃったから……」

「あ……」

志織は今さら、昨夜の自分の失言を思い出した。

〝射精が早かった〟は、下手をすれば男に一生もののトラウマを植えつける言葉である。志織は昨夜の自分を殴りたい気持ちになった。

「ご……ごめんなさいっ。あのときは別に、拓実くんを責めたわけじゃないの。ちょっと驚いただけで……若いんだから……ア、アソコも敏感なのよね。普通のことよ。だから、ね、気にしないで」

志織は必死になだめようとするが、拓実の目は暗いままだった。

「……そうかな。一回出した直後だったのに、入れた途端《とたん》にイッちゃうなんて、自分でも早すぎるなって思うよ。こんなんじゃ女の人を満足させるなんて絶対無理だ。僕

「……一生結婚できないんだ」

「け、結婚って……そんなに大げさに考えなくても……」

どうやら彼は、相当深刻に落ち込んでいるようである。

志織は恥ずかしさを呑み込んで、あえて尋ねてみた。

「拓実くんは、その……オナニーはしている？　オナニーってね、決して悪いことじゃないのよ。ストレス発散になるし、セックスの練習にもなるんだから」

これではまるで性教育だと、志織は思った。

「オ……オナニーをすれば、アソコもだんだん刺激に慣れていくはずよ。そうしたらきっと、すぐに出ちゃったりはしなくなるわ。だから安心して」

真面目な話ではあるのだが、身内の男の子に性の話をするのは、やはり恥ずかしかった。頬がジンジンと熱くなる。

拓実も、まさか義姉からそんな話をされるとは思っていなかったのだろう。目を丸くして驚いていた。彼もまた恥ずかしそうに顔を赤らめ、志織から顔を逸らす。

「オ、オナ……してるけど、あんなの練習にならないよ。セックスの気持ち良さは、自分でするときとは比べものにならないもの。姉さんのアソコ、信じられないくらい気持ち良かった」

「そ、それは……」

オナニーよりもセックスの方が気持ちいいというのは、女の志織にも理解できた。

だが、彼を呆気《あっけ》なく射精させてしまった原因は、そんな単純なことだけではないだろう。志織には心当たりがあった。

(達也くんも、私のアソコは最高だ、名器だって、よく褒めてくれたっけ。自分ではよくわからないけど……でもアソコが名器だから、拓実くんも早く出ちゃったのよね。ああ、やっぱり私のせいなんだわ……)

責任を感じずにはいられなかった。もしも拓実が女性に苦手意識を持ち、本当に一生結婚できなくなってしまったら、死んでしまった夫や義父に顔向けできない。

志織は覚悟を決めた。

「じゃあ……オナニーじゃない練習をしてみる?」

「え……?」

「オナニーじゃ練習にならないんでしょう? だったら本番で訓練するしかないわよね。私で……練習する?」

志織は小首を傾げ、おずおずと拓実の顔を覗《のぞ》き込む。

彼の耳が、縁まで真っ赤に染まった。

「そ、そんな……悪いよ」

「遠慮しなくていいのよ。女にだって性欲はあるんだから。拓実くんの練習相手になれば、私は私で、性的な欲求不満を解消できるわ。お互いにとって利益があるの」

手を伸ばし、彼の手をそっと握る。

驚いたように彼の手が震えるが、志織の手を振り払おうとはしなかった。

(拓実くん、恥ずかしがっているけど、嫌がってはいない。だったら私がその気にさせてあげないと。たとえ淫らな女を演じてでも)

志織はさらに距離を詰める。今や全身を小動物のように震わせている拓実。彼の耳元に唇を寄せてクスッと笑った。そして甘い媚声で囁く。

「拓実くんが相手してくれないなら……私、オナニーしちゃうから。アラサー女に一人寂《さび》しくオナニーさせて、拓実くんはそれでもいいの？」

義姉の赤裸々な告白を聞いて、拓実はゴクリと喉を鳴らした。

彼の目が右へ左へ泳いだが、やがて恐る恐る志織の顔に視線を向けてくる。

「ね……姉さんが嫌じゃないのなら、僕、したいよ、練習……けど……」

「……けど、なあに？」

優しく促すと、拓実は今にも消え入りそうな声で呟いた。

「僕……姉さんのオナニーも見てみたいな」

「……バカ」

志織は人差し指で、拓実の額をペチッと弾《はじ》く。

もちろん怒ってなどいない。相好《そうごう》を崩し、ジャケットのボタンを外し始めた。

第二章　初体験のやり直し

1

スーツの上下を、ブラウスを、すべての衣服を脱いでいく志織。

女の肌が露《あら》わになっていく様を、拓実は魅入られたように眺めていた。

(ああん、そんなにジロジロ見られたら、これ以上脱げないわ)

容赦ない視線は、針の如くブラジャーやパンティを突き抜け、女の恥部にチクチクと刺さってくるような感じだった。

「も、もう……拓実くんも早く脱いでちょうだいっ」

「あ、は、はいっ」

拓実は背中を向け、あたふたと服を脱ぎ始める。

その間に志織はブラジャーを外し、パンティも脱いで他の衣服と一緒にまとめた。

義弟と再び交わる覚悟は決めたものの、それでも恥じらいは残っていて、胸元と股間を両手で隠す。そして、未だ少年らしさを残しつつも、六年前に出会ったときよりはずっと逞《たくま》しくなった彼の背中をこっそりと眺めた。

やがて拓実も服を脱ぎ終え、彼もまた両手で股間を隠しながら振り返る。

「うわぁ……」と瞳を輝かせ、志織の裸体に見入ってきた。

昨夜の志織は、最後までブラウスを着たままだった。一糸まとわぬ姿を晒《さら》すのは、これが初めてである。

「姉さん、凄く綺麗だ。まるでグラビアアイドルみたい……ううん、もっと凄いよ」

「そ……そう？　あ、ありがとう」

きっと拓実にはまだ、お世辞を言って女を喜ばせるような真似はできないだろう。だからこそ純粋な褒め言葉として受け取れた。アラサー未亡人の胸が高鳴る。胸元と股間を覆い隠していた手を下ろし、若牡の視界にすべてを晒した。

「……！」

拓実はもはや言葉もなかった。

これ以上ないほど目を見開き、上へ下へと顔を忙しく動かしている。乳房の中心で息づく突起に、縦長の茂みに覆われた恥丘にチクチクと視線を感じ、志織は居たたまれない気持ちになった。

だが、不快ではない。むしろ誇らしさが湧き上がってくる。

そもそも志織は、昔から自分の身体には多少の自信があった。手や脚はすらりと長く、痩せ型でありながら肩も腰も太腿も、女らしい柔らかな曲線を描いている。

街を歩けば、男が振り返るだけでなく、女からの羨望の眼差しをしょっちゅう感じた。中学、高校と、女子校に通っていたせいもあってか、同性から告白されたことは二度や三度ではなかった。

そしてスレンダーでありながら、バストのサイズはFカップ。

巨乳と呼んで差《さ》し支《つか》えない大きさで、しかも形も綺麗に整っている。丸々とした膨らみの頂点で、濃いピンクの乳首がツンと上を向いていた。

(ああ……見られているだけで、乳首やアソコがジンジンしてくるわ)

夫以外の男に余すところなく生肌を晒したのは、これが実に初めてだった。

全裸になる前はとても恥ずかしかった。が、拓実の褒め言葉と反応に勇気づけられて、その羞恥心《しゅうちしん》が少しずつ鎮まっていく。代わりに心地良い高揚感で、全身を流れる血は熱くなっていった。

(拓実くんったら、私の身体にもう夢中みたい)

志織の口元が、我知らず微笑みを浮かべた。

(いいわ、見て。全部、好きなだけ見せてあげる。だから……)

志織は、彼の目の前まで歩み寄る。すると、さすがに拓実はハッと我に返り、

「ご、ごめんなさいっ」と、慌てて目を逸らした。

「いいのよ、別に。その代わり……拓実くんのも見せてちょうだい」

志織はひざまずき、彼の股間を覆う両手を優しく――しかし、抵抗を許さぬ力強さで取り除いた。

すると、今度は志織が目を真ん丸にする。

「えっ……!? う、うわ、大きい……」

思った以上の巨根が目の前に現れ、呆気に取られた。昨夜は酔っ払っていたので、彼のペニスが〝結構大きかった〟くらいの記憶しかなかったのだ。

(す、凄い……。私、昨日はこんな大きなオチ×チンを入れたの？ 達也くんよりずっと立派だわ)

吸い寄せられるように志織の手が伸びた。青筋を浮かべ、雄々しく反り返った肉幹に指を絡めずにはいられなかった。

「ああん、硬い……拓実くんのここ、逞しくてとっても素敵よ」

軽く握ると、まるで豊潤《ほうじゅん》な果実のように、鈴口から瑞々《みずみず》しい蜜がトロッと溢れ出す。

拓実は低い声で呻き、逃げるように腰を引いた。

「あうっ……そ、それ、駄目……！　僕、姉さんの裸で興奮しちゃって、チ×ポが今にもイッちゃいそう……」

（えっ……ちょ、ちょっと握っただけなのに？）

志織は危うく驚きの声を上げそうになった。

慌ててそれを呑み込み、慈母の如く微笑んでみせる。

「これは練習なんだから、すぐに出しちゃってもいいのよ？」

「い、いや、でも……」拓実は困ったように顔をしかめた。「ねえ、十分、いや五分でいいから待ってよ。そしたら興奮も少しは治まっていると思うから」

「五分？　駄目よ。気持ち良さに慣れるのが目的なんだから、アソコが鎮まるのを待っていたら練習にならないでしょう。いっぱい気持ち良くなって、いっぱい出しちゃいなさい。ね、特訓よ」

しかし、拓実は気が進まないようだった。

だとすると無理強《じ》いはできない。いくら練習だといっても、挿入後、三擦り半で彼が果ててしまったら、ますます自信をなくしてしまうかもしれない。

「……わかったわ。じゃあセックスする前に一回出しちゃいましょう。私がしてあげるから、それならいいでしょう？」

「え……姉さんがしてくれるの？　う、うん」

拓実は安堵の表情を見せる。そして義姉に吐精させてもらう期待感からか、嬉しそうに瞳を輝かせた。

志織は拓実に、ベッドの縁に腰掛けるよう言う。そして両脚を広げさせ、その間にしゃがみ込んだ。間近から、脈打つ肉棒にじっと見入る。

（ヒクヒクと動いて……〝早く気持ち良くして〟ってせがんでいるみたい。こんなに逞しいオチ×チンなのに、なんだかとても可愛い）

志織はペニスを優しく握った。燃えるような熱さが掌に浸み込んできた。

（とっても熱いわ。まるで怪我をして腫《は》れているみたい。これを擦ったら痛いんじゃないかしら……）

志織は昨夜と同じように、手淫を施してあげるつもりだった。

亡き夫との夜の営みで腕を磨《みが》き、やり方は充分に心得ている。しかし今は、ゴシゴシと擦るより、もっと優しい方法で愛撫してあげたいと思った。

鼻先を亀頭に近づけると、若い牡の匂いが鼻腔に流れ込んでくる。汗と小水の臭気が混ざった濃厚なフェロモンを、志織は胸一杯に吸い込んだ。

「あ……ご、ごめんなさい」と、申し訳なさそうに拓実が言う。「今日はまだ、お風呂には入っていないから……」

彼の腰がまた逃げようとして、志織の鼻が追いかける。

「んふぅ……平気よ。全然嫌な匂いじゃないから」

牡フェロモンに官能を高ぶらせ、志織は——ペロリと亀頭を舐《な》め上げた。

（ちょっとしょっぱい。けど、別に嫌な味じゃないわ。むしろ、美味《おい》しいかも。もっと舐めたくなる……）

さらに舌を這わせる。張り詰めた亀頭は、実になめらかな舌触りだった。

拓実が、志織の口元を覗き込んで、うっとりと呟く。

「あぁ……姉さんが……僕のチ×ポを舐めている……！」

改めて言葉にされると、恥ずかしさが増した。

（あの人にはフェラチオなんて、したことなかったのに）

夫婦といえど遠慮していたのか、達也から吸茎《こ》を請われたことはなかった。

志織としては、多少の興味はあった。だが恥ずかしくて、フェラチオさせてほしい

と自分からお願いすることはできなかったのだ。しかし、

（どうしてかしら。今は舐めずにはいられない。きっと、この子のオチ×チンがいけないのよ。逞しくて、可愛くて、いやらしくて……ああ、このオチ×チンが私を狂わせる）

ペロリ、ペロリと、肉竿の根元から亀頭まで舐め上げていく。

（ここは気持ちがいいところだから、いっぱい舐めてあげた方がいいのよね？）

裏筋を丹念に舐めると、拓実が切なげな声を漏らした。ペニスの先割れから新たなカウパー腺液が溢れ出す。

キスをするように唇を寄せて、玉のように膨らんだ汁をチュッと吸い取った。塩気を帯びた独特の旨味が口内に広がった。

（後は、お口の中に咥えて唇で……上手くできるかしら）

志織は大きく口を開き、ゆっくりと男根を呑み込んでいく。

半分辺りまで咥えたところで、先端が喉の奥にぶつかった。異物感に思わずオエッとえずきそうになる。

（こ……これ以上は無理ね。お口の中がもう、オチ×チンでいっぱいだわ。顎が外れちゃいそう）

志織は朱唇で幹を締めつけながら、今度はズルズルと吐き出していった。

そしてまた呑み込み、吐き出す。それを何度か繰り返す。

(手でするときは、指を輪っかにして、それでオチ×チンのくびれたところをしごいてあげるんだけど……あんな感じでしてあげればいいのかしら)

顔を小刻みに上下させて、唇で雁の凹凸を重点的にしごいてみた。

「ああっ……す、凄く気持ちいいよ。姉さんの唇、柔らかいのにキュッって固くって、それがヌルヌルしていて……くうう……で、出ちゃいそうっ」

拓実は悩ましげな震え声を上げ、腰をひくつかせる。

(本当に？　私の初めてのフェラチオ、そんなにいいの？　嬉しい……)

志織は首の振りをさらに加速させた。口元から溢れた唾液《だえき》がボタボタと床に滴《した》り、それから肉竿の方にも垂《た》れていく。

それをローション代わりにして、ペニスの根元を手筒でしごき立てた。クチュクチュ、ヌチャヌチャ。

「あ、あっ、それ、おおっ……！　ね、姉さん、ダメ、ほんとにもう出ちゃうっ。このままじゃ、姉さんの口の中にぃ……！」

断末魔のペニスの震えが、ビクッ、ビクビクッと、志織の唇に伝わってきた。

(この感じ……多分、あと一分もしないうちに射精しちゃうわね)

ティッシュの箱はすぐ近くに、ベッドの脇のサイドテーブルに置いてある。

だが、志織は手を伸ばさなかった。

この愛おしい若勃起を、最後の瞬間まで咥えていてあげたいと思ったのだ。彼が悦んだ証《あかし》を、ティッシュなどに吐き出させ、捨ててしまうなんて、もったいないと思った。覚悟を決めて首を振り続ける。

「あっ……あああっ……また、口の中に出させてくれるんだね、姉さん……クウウッ、も、もう……出るウウッ!!」

ペニスが歓喜に打ち震え、次の瞬間、凄まじい量の樹液が鈴口より噴き出した。

ジェット水流の如き白濁液に喉の奥を抉《えぐ》られ、志織は危うくむせそうになる。

目尻に涙を溜めながら、懸命に唇を締め続けた。口腔がみるみる牡の熱い粘液で満たされていく。

(凄い量……!　もう、お口の中がいっぱいだわ)

志織はゴクッと喉を鳴らし、ザーメンを飲み込んだ。

ツンとくる刺激的な匂いが鼻腔を通り抜ける。塩気と苦味の混じった複雑な味だった。そして、ドロドロしたものが喉に絡みつく感覚。

昨夜は酔っ払っていたから、この味わいをまるで覚えていない。初体験といってもいい精液の味覚に、その癖の強さに、志織は最初、顔をしかめた。

が、よくよく味わえば、それほど酷いものではないような気がしてくる。

(うん……そんなに悪くないかもしれない。癖はあるけど……でも、ちょっとだけ美味しい気もするわ)

志織はさらに飲み続け、舌はどんどん牡汁の味に馴染んでいった。さながら癖の強い珍味の味覚に慣れ親しんでいくように。

やがてペニスの脈動はやみ、射精も止まった。

志織は口内のザーメンをすべて飲み干し、ゆっくりと肉棒を吐き出す。

拓実の火照《ほて》った顔を見上げ、志織は言った。

「私ね、精液を飲んだのは今ので二回目よ。初めては昨日」

酔っ払っていた自分が、どうして初めての口内射精と飲精に挑戦したのか、今となってはわからない。単に部屋を汚したくなかっただけかもしれないが、あるいは今の自分と同じように——彼がせっかく出したものをティッシュで受け止め、ゴミとして捨ててしまうのが忍びなかったのかもしれない。

「え、昨日のが……そ、そうだったの……!?」

「ええ、それでフェラチオは今のが初めて。そんなに上手ではなかったと思うけど、でも、射精してくれたってことは、一応は気持ち良かったのよね？」

「う、ううんっ」

拓実はブンブンと首を振った。

「え……じゃあ、気持ち良くなかった？」

「あ、ち、違うよ。そういう意味じゃなくて」

拓実は首だけでなく、あたふたと手も振った。「〝一応〟なんかじゃないってこと！　物凄く気持ち良かったよ、姉さんのフェラチオ。でも、どうして……？」

兄さんにはしなかったフェラチオを、どうして僕に？　と、拓実は尋ねてくる。

「そうね……きっと達也くんは、女の人にオチ×チンを咥えさせるなんて良くないことだと考えていたんだと思うの」

志織の知っている彼は、そういう男だった。それが彼の優しさであり、愛だったのだろう。

一方で志織も、自らフェラチオを望んだりすることはできなかった。

「そうだったんだ……。それなのに僕は、口内射精だけでなくゴックンまでしてもらっちゃったんだね。なんだか兄さんに悪いな……」

「ううん、いいのよ。気にしないで」

志織は指の輪っかで、ペニスを根元から優しくしごき上げる。射精直後の敏感さがまだ残っていたのか、拓実はううっと小さな声で唸り、尿道内の樹液の残滓《ざんし》がトロリと鈴口から溢れ出た。

窄《すぼ》めた唇でそれを吸い取ると、志織は義弟に微笑んでみせる。

「私は別に嫌じゃなかったから。実をいうとね、ちょっと興味があったの。お口でしてあげるってどんな感じなんだろうって」

「そ、そうなの？　姉さんがそんなこと……なんか意外だ」

「ふふっ、私って、性に関して潔癖だったり、お堅い人だって思われがちなのよね。でも、本当は結構エッチなのよ？」

そのくせ恥ずかしがり屋なところがあり、自分からはあまり積極的になれない。亡き夫も、自分の妻がこんな淫らな願望を秘めていたとは気づいていなかったはずだ。

昨夜、拓実を襲ってしまったのは、そんな志織の助平な本性が、未亡人となってから抑え込まれていた性欲が、アルコールの力で解放されてしまったからだろう。

「気持ちいいことをするのもされるのも大好きなの。こういうの、むっつりスケベっていうのよね。拓実くん、幻滅しちゃった？」

ベッドの縁に腰掛けた彼へさらに擦り寄り、広げられた股ぐらの間で小首を傾げると、Ｆカップの膨らみがプルッと揺れた。

拓実は顔を赤くして、また勢いよく首を振る。

「ううん、そ、そんなことないよ！　そりゃ、ちょっとは驚いたけど——でも、エッチな姉さんも、とっても素敵だと思う。それに姉さんがお口の処女を僕にくれて、凄く嬉しい。大袈裟かもしれないけど、なんていうか、光栄だよ」

お口の処女という言い回しに、志織はクスッと笑った。

(そんなに喜んでくれたら、私まで幸せな気分になっちゃう。ああ、拓実くんってば、なんて可愛いのかしら。なんでもしてあげたくなるわ)

手の中の若茎は、あれほど大量の吐精を経ても、少しも萎《な》えた様子がない。熱い血潮を溜め込んで、ゆっくりと力強く脈動している。

志織は自らもベッドに上がり、仰向けに横たわり、股を開いて拓実を招き入れた。

「これが姉さんの、女の人のアソコ……」

股の間に身を沈めた拓実が、おずおずと女の中心を覗き込んでくる。

「まるで薔薇《ばら》みたいだ……」と呟《こ》き、ほどなく彼の瞳に情欲の炎が燃え上がった。熱い視線がチリチリと媚肉を焦がす。

（いやぁ、見られてる。拓実くんに、私のいやらしいところが。ああっ、す、凄く恥ずかしい……けど、興奮しちゃう……！）

少女の頃は初々しいピンク色で、こぢんまりと割れ目の中に収まっていた小陰唇だが、今では下品なほどに大きくなり、ビラビラと縮れ、赤黒く色づいていた。

今は亡き夫に嵌められまくったせいだ。大学時代、デートのときには一日に最低でも二回はセックスをし、結婚してからは毎晩のように求められた。

それだけ彼が志織の名器に夢中だったのだが、そのせいで小陰唇は肉裂からはみ出すほどに発達してしまったのである。

同性からもうらやまれる、すらりとした清らかな肉体。その中にある、一点の卑猥《ひわい》なる恥部。

それは志織にとって密かなコンプレックスであり、同時に官能を揺さぶるウイークポイントでもあった。女壺の奥が瞬く間に熱くなり、新鮮な蜜が今にも膣口から溢れ出そうになる。

「も、もうっ……そんなにじっと見つめられたら、さすがに恥ずかしいわ」と言って、志織は両手でさっと肉溝を隠した。

「あ……ご、ごめんなさい。でも、ちゃんと見ないと、どこに入れたらいいのかわからないから……」

「そ、そう。わかったわ、じゃあオチ×チンを前に出して」

「うん」拓実は膝を進めて、言われたとおりにする。

志織は、突き出された若勃起を指先でつまんで、女陰に誘導した。肉のスリットの一番深いところ、膣口に亀頭をあてがうと、

「あっ……そ、そこだね、姉さん。チ×ポの先が、アソコの入り口に嵌まっているんだよね。い、入れるよ……？」

「ええ、そうよ。そのまま前に進めば……あ、でもちょっと待って！」

拓実の腰に力が入るのを、志織は慌てて制する。

「え……な、なに？　どうかしたの？」

「うん、別に大したことじゃないんだけど……ねえ拓実くん、昨日のはなかったことにしない？」

「……え？」

「酔っ払った私がわけもわからず強引に奪っちゃって……あんなのが拓実くんの記念すべき初体験だなんて、本当に申し訳ないわ。だから、あれは事故、ノーカウント。ね、そういうことにしましょうよ」

志織は優しい声で告げた。今からするのが拓実くんの初めてのセックスよ、と。

空白。そして拓実は、じわじわと顔に笑みを広げていく。

「う、うん、そうする……！　今から僕は、童貞を卒業するよ。姉さん、僕の初めての相手になって」

「ええ、私が拓実くんの童貞をもらってあげるわ。来て」

拓実は鼻息も荒く頷き、改めて腰に力を入れてきた。ペニスは過《あやま》たず肉門を潜り、ズブズブと奥へ進入していく。

その感覚に、志織は思わず両目を剝いた。

（ああっ、アソコが凄く押し広げられてるぅ。う、嘘、昨日もこんなに大きかったかしら……!?）

昨夜は泥酔していたせいで身体の感覚も鈍っていたのだろう。

だが、今日は違う。膣穴がメリメリと拡張されて、鈍い痛みすら感じた。しらふの身体で感じる、およそ一年ぶりの挿入感。

ザーメンを飲み干し、若牡の視線に恥裂を晒したことで、女体は高ぶり、肉壺はおびただしく潤っていた。さもなくば、これほどの巨砲を受け入れることはできなかっただろう。

「あ、あっ……く、くうぅ、姉さんのアソコ、中がとっても熱くて、ヒクヒク動いてるよ」

眉間に皺を寄せながら、拓実はなおも腰を押し込んでくる。

その途中、膣路の中間で、俵締めの強い膣圧に亀頭が引っ掛かる。

拓実は深呼吸をし、フンッと腰に気合いを入れた。次の瞬間、ペニスは名器の関門を見事突破し、勢いをつけてさらに深く突き進んだ。

志織は身を強張らせ、思わず「あううっ」と呻き声を漏らす。

(す、凄い、凄いわ。あぁぁ、とうとう一番奥までっ)

剛直の先が、ついに肉路の行き止まりに当たった。昨日は到達しなかった女体の奥地までたどり着いたのだ。それでも竿の根元は、まだ五センチほど余っている。

「は、入った……けど」

拓実は悩ましげに顔をしかめた。「くっ……やっぱり、気持ち良すぎる。入り口と中の方で、ギュウギュウ締めつけてきて……おおおっ」

「あぁ、頑張って、拓実くん。でも、いつでもイッていいのよ。初めてのセックスなんだから、思いっ切り動いて、思いっ切り出して。さあっ」

「う、うん……!」

拓実は正常位で抽送《ちゅうそう》を始めた。慣れていない、ぎこちない動きだった。

少しでも動きやすくなるよう、志織は精一杯に股を広げて、彼の腰を迎え入れる。

徐々にだが、嵌め腰はスピードを増していった。

「あっ、あっ、気持ちいいっ……姉さんのアソコ、最高だよっ。もう僕、オナニーじゃイケなくなっちゃうかも」

「本当……？　ふふっ、大丈夫よ、これからもいっぱいさせてあげるから。拓実くんがオナニーできなくなっちゃったら、私の責任だもの。はああっ……た、拓実くんのオチ×チンも素敵よ。凄くいいオチ×チンよ」

だんだんと太マラの拡張感に慣れ、志織も快感を得られるようになってきた。

密着度が強いせいで、雁エラの出っ張りが、かんなのようにゴリゴリと肉襞を削る。

ピストンが膣底を打つたび、子宮が甘く揺さぶられる。

拓実の若勃起がもたらす刺激、その一つ一つが、女の器官から痺れるような愉悦を引き出した。

（セックスってこんなに気持ち良かったかしら？　こんなの……あぁ、達也くん、ごめんなさい。あなたとしたセックスよりも……）

額にじっとりと汗を滲《にじ》ませ、志織はたまらず身をくねらせる。

右に左に揺れる双乳を瞳で追いながら、拓実はせっせと腰を振り、喘《あえ》ぎ交じりに尋ねてきた。「姉さん……ど、どう？　僕のやり方、大丈夫かな？」

志織は両手を伸ばし、彼の頬をそっと挟む。

「んんっ……え、ええ、拓実くんはちゃんとできてるわ。初めてにしては上手なくらい。その調子で、続けてちょうだい……あ、あううぅ」

「本当？　うん、わかったたっ」

拓実は嬉しそうにピストン運動を励ました。ズン、ズンと、女体の内側を震わす衝撃に、志織は陶然として瞳を閉じる。

(どんどん気持ち良さが増していくわ。私の方が拓実くんとのセックスの虜《とりこ》になっちゃいそう。ああ、ダメ……)

もっともっと欲しくなる。しかし、彼はもう限界だった。

ふと目を開けると、拓実は額から尋常でない汗を垂らし、息も絶え絶えに腰を振っていた。まるで体力の尽きたマラソンランナーが、残った気力だけで走り続けているかのようだ。

「はあんっ……た、拓実くん、無理しないで。イキたいんでしょう？　イッてもいいのよ？」

「ううぅ、で、でも……」

「いいの。だってもう……昨日よりずっと長く頑張ったじゃない。だから、ね……そんな顔でセックスされたら、女は辛いわ……」

「じゃあ……あと……あと十秒……九……八いぃ……」

必死に腰を振り続ける義弟を、志織は息の詰まる思いで見守った。

(どうしてそんなに……私のため？　少しでも長く私を悦ばせるために、そんなに頑張ってくれているの？　ああ、拓実くん……)

彼の健気《けなげ》さに、志織の胸は熱いもので満たされていく。

心の喜びが身体の悦びとなり、膣路がそれに反応する。

「六うぅ……うわっ、し、締まるうぅ……五おおおぉ」

「ああっ、ごめんなさい、アソコが……私、嬉しくて……アソコが勝手にキュッキュッてなっちゃうのおぉ」

それでも拓実はピストンを敢行し、鬼気迫る表情で残りの五秒を耐えきった。

カウントダウンの最後の数字を唱えた瞬間、彼の背中がビクンッと大きく仰《の》け反《ぞ》る。

「オウウッ!!　うっ、うぐうぅーッ!!」

食い縛った歯の隙間から呻き声を漏らし、拓実は、抑えに抑え続けた白濁液を水鉄砲の如く射出した。

（はああっ、す、凄い勢い！　それに熱いっ。お腹の中が火傷しちゃうぅ）

亀頭が膣底にめり込んだ状態で、白いマグマが噴出する。それは一度きりでは収まらず、第二、第三の噴火が膣路を焦がし、溢れたものは子宮まで流れ込んでいった。

「んんっ……ひっ……くううっ……！」

志織の四肢が硬直する。爪先がギュッと内側に折り曲がる。

夫を亡くして、もはや二度と得られぬと思っていた女の悦びだった。

（はあぁ……ちょっとだけ……イッちゃったわ）

完全なるオルガスムスには及ばなかったが、一年間のブランクを埋めるための慣らし運転としては充分である。

やがて全身の緊張が解けて、志織はふうっと溜め息をついた。

と、力尽きた拓実が倒れ込んでくる。志織は両手を広げ、豊かな胸に抱きとめた。

彼の呼吸は激しく乱れ、火照った背中は大きく波打っていた。手負いの荒ぶる獣をなだめるように、志織は優しくその背中を撫でてやる。

そして心からの祝福を囁きかけた。

「……童貞卒業、おめでとう、拓実くん」

2

とりあえず今夜のセックス訓練はここまでということになった。明日も平日。志織は仕事があるし、拓実だって学生なので、そう夜更かしはできない。

二人とも汗にまみれ、陰部は男女の淫液でドロドロになっていた。

義姉思いの拓実は、先に風呂に入るよう促してくる。義弟の殊勝さとセックスの高揚感にほだされて、

「じゃあ、一緒に入る？」と、志織は尋ねた。

「え、いいの？」拓実の瞳がキラキラと輝きだす。

「ええ、もちろんよ」

股間を洗い清める姿まで見られてしまうのは少々恥ずかしいが、志織としても、若い男と浴室を共にするというのは、ちょっぴりワクワクするような体験だった。

足を忍ばせ、二人で裸のまま一階へ下り、急いで浴室へと向かった。義母の由香里の部屋と浴室が離れているのはありがたかった。

宮下家の浴室はそれほど広くないので、二人で入ると少々狭い。必然的に互いの肌

と肌が近づき、艶めかしい雰囲気を誘う。志織は、操作パネルで追い焚《だ》きを選んだ。風呂が沸くまでに、まずは二人で身体を洗うことにする。

「ねえ、せっかくだから、僕が姉さんの身体を洗ってあげるよ」

「え……そ、そう？　じゃあ、お願いしようかしら」

一緒に風呂に入るのだから、そういうこともあるだろうと予想はしていた。志織は彼の股間をチラリと見る。若勃起はすでに完全回復していて、まるで犬が尻尾を振るようにヒクヒクと揺れていた。

志織は風呂椅子に座って、大急ぎでざっと髪の毛を洗う。それから、とりあえず背中を洗ってもらうことにした。

石鹸を泡立てたタオルで、後ろから背中を擦られる。いや、擦るというより撫でるという感じだった。ゴシゴシと乱暴にされるよりはずっといいのだが、背筋の敏感な部分を撫でられると、くすぐったいような快美感をどうにも禁じ得ない。

「どうかな、姉さん。こんな洗い方でいい？」

「あっ……ふうっ……い、いいわ、とっても上手よ……」

「良かった。じゃあ次は……前を洗うね」

志織が答える前に、タオルを持った拓実の手が後ろから回り込んできた。

（当然、そうなるわよね……）

今夜の色事はもうおしまいにするつもりだったが、どうやらそうはならなそうである。志織は拒否することなく、ただ無言で受け入れた。

タオルが、まずは腹部を擦ってくる。次に左右の腋《わき》の下。そこから首回りへ。デコルテを擦った後、さらに下へ、ゆっくりと移動していった。そしてタオルはついに乳肉に触れる。志織の動悸が高まる。

背中に当たる彼の鼻息も荒くなった。拓実は、乳丘の裾から円を描くように洗い始める。Ｆカップの豊乳は瑞々しい弾力《だんりょく》で形を変え、柔軟に歪んでは、プルンッと揺れた。

（いつもは自分でしていることなのに……拓実くんの手で撫でられると、石鹸のヌルヌルした感触が……やっぱり感じちゃう）

風呂椅子に押しつけている陰部が、新たな恥蜜を浸み出させる。

「ねえ、拓実くん……オッパイを持ち上げて、重なっていたところもしっかり洗ってくれる？　汗が溜まって蒸れちゃうところなの」

「う、うん、わかった」

拓実は左手で乳房をすくい上げ、下乳の裾野をタオルでなぞった。

彼の手つきは次第に大胆になっていく。左右の下乳を洗い終わると、タオルはとうとう頂上へと向かった。

「そ、そこは特に優しくね……」

「うん」

鮮やかなピンクの突起にタオルが触れる。柔らかなタッチで泡が塗りつけられる。

（あっ……ダ、ダメぇ……乳首、感じちゃうぅ）

志織は息を呑んだ。タオルのザラザラとした感触が、石鹼のぬめりによって絶妙な摩擦感となっていた。

肩越しに志織の胸元を覗き込んで、拓実が嬉しそうに言う。

「姉さん、乳首がムクムクって大きくなっていくよ。ほら、見てみて、右と左じゃ、もう全然大きさが違う」

「いやぁ、そ、そんなこと恥ずかしいこと言わないで……あっ……あうぅっ」

志織が羞恥に身悶えすると、拓実はますます興奮し、妖しい手つきで肉蕾を撫で回した。ついにはタオルを手放し、掌で直接、乳肉を揉み始める。

「ふぅ……姉さんのオッパイってほんとに柔らかい。それに弾力もあって、指が弾き返されるよ。触っていて、とっても気持ちいい」

志織は彼の好きにさせた。「ありがとう、拓実くんの触り方もなかなか上手よ。そうそう、その感じで……あ、あぅん、そう……オッパイに限らず、とにかく女の身体は優しく触るのが基本だからね」

「うん、わかったよ。それにしても、オッパイって結構重いんだね」

「そうね、身も蓋もない言い方をしちゃうと、要は脂肪の塊だから。私はすぐ肩凝《かたこ》りになるんだけど、それはパソコン仕事のせいだけじゃなくて、この胸も原因の一つなの……アンッ」

拓実の指が、直《じか》に乳首に触れた。親指と人差し指に挟んでキュッキュッと押し潰してくる。ぬめりを帯びた指先でコロコロと転がし、つまんで引っ張る。

「あううっ……オッパイの先が熱い……ジンジンするうぅ」

発情した牝の呟きが、浴室の中で微かに響いた。高まる乳首の悦《えつ》に志織は背中をくねらせ、吐息を乱す。

さらなる愉悦を欲して、志織はいったん乳首いじりをやめさせた。

沸きかけの風呂の湯で乳房の泡を流し、拓実の方を向いて風呂椅子に座り直す。

「拓実くん、次はお口でオッパイを吸ってちょうだい。吸ったり舐めたり……ね？」

「く、口で？　うん、うんっ」

拓実は大喜びで、早速、右の乳房に顔を寄せてきた。

そして、照れ笑いを浮かべる。「なんだか恥ずかしいな……」

「気にすることないわ。男の人は、いくつになってもオッパイに吸いつきたいものなのよ。女はそれが嬉しいの。そういえば……拓実くんは、お母様のオッパイを吸ったことはある？」

「えっ？　お母様って……まさか今の母さんのこと？」

志織が頷くと、拓実は慌てて首を振る。

「あ、あるわけないじゃない。だって母さんがこの家に来たときには、僕もう幼稚園に通ってたんだよ。そんな……赤ちゃんじゃないんだから」

拓実の母親の由香里は、彼の生みの親ではなかった。拓実の父親は、拓実が三歳のときに由香里と再婚したのだ。

だが志織が見る限り、由香里は拓実を実の息子のように愛している。溺愛しているといってもいいくらいだ。

(お母様なら、三歳の拓実くんにオッパイをあげていても不思議じゃないけれど……)

だが、拓実が嘘《うそ》をついているようには見えなかった。突拍子もない質問にただ戸惑っているという感じである。

「そう……うふふっ、ごめんなさいね、変なことを訊いて。さぁ拓実くん、恥ずかしがらずに、私のオッパイをどうぞ召し上がれ」

志織が微笑むと、彼ははにかみながらもぱくりと肉の突起を咥えた。

最初は控えめに、徐々に強く吸引してくる。

「ヒッ……う、うん……いいわ……もっと強く吸っても、ん、大丈夫よ……あ、ああっ、あふっ、くぅんっ」

拓実はチュッチュッと断続的に吸い上げた。繰り返されるそのたび、肉突起の根元が引き攣り、甘美な愉悦で刺激される。

(あぁぁん……ダメ……気持ち良くて、アソコのお汁が止まらない)

さらに拓実は、乳首に吸いつきながら肉房を揉み始める。彼は勉強熱心で、そのうえに応用力もあり、指使い、口使いは、どんどん上達していった。乳輪ごと咥え込んで、吸い込みながらレロレロと乳首を縦横無尽に転がしてくる。ときおり前歯を甘やかに食い込ませる。

(ひいいい、そんなこと教えてないのに……ああっ、今度は左の乳首に吸いついて……ほ、本当に昨日まで童貞だったの……!?)

志織は唖然《あぜん》としながらも、その愛撫に酔いしれる。

左右の乳房は、いつまでもこの快感に浸《ひた》っていたいと願った。しかし股間の恥裂はダラダラと垂涎《すいぜん》し、こちらも一刻も早い肉悦を求める。女の身体の中で二つの欲望がぶつかり合うが——結果は、やはり女性器の欲求が勝った。

「ね、ねえ、拓実くん、オッパイもいいけれど、まだ一番大事な場所を洗っていないんじゃないかしら？」

「い、一番大事な場所？　それって……」

「言わなくてもわかるでしょう？　でもね、そこはとってもデリケートな部分だから、今日のところは私が自分で洗うわ。それを見て、よーく勉強するのよ？」

「う、うん……！」

志織はボディソープのボトルを手にし、ポンプを一押しした。デリケートゾーン専用の低刺激ソープである。掌でたっぷりと泡立てた。

（あぁ、私、義理の弟の前で、物凄く恥ずかしいことをしようとしている。けれど、もうエッチな気分が抑えられない）

思い切って、痴女の如き大胆さでコンパスを限界まで広げる。拓実は目を見開き、太腿の付け根の牝花をじっくりと覗き込んでくる。

「もう、さっきも見たのに……女性のアソコを見るのはそんなに好き？」

「う……うんっ」

彼の視線が、ぱっくりと開いた亀裂のあちこちに突き刺さった。

肉壺の奥がじんわりと発熱していくのを感じながら、志織はまず大陰唇の膨らみからその内側へ、そして小陰唇の表と裏にも丹念に泡を塗りつけていく。

「ここは伸び縮みするところだから、洗うときは少し引っ張って、皺を伸ばしてから泡で撫でていくのよ。こんな感じに……」

拓実は学習意欲の塊となり、志織の説明を熱心に聞き入っていた。

無垢《むく》なる男子に、自らの身体をもって性の知識を授けるというのは、背徳的であり、また奇妙な征服感もあった。

(私が拓実くんを大人の男にしてあげているんだわ。なんだかゾクゾクしちゃう)

まるで綺麗に降り積もった雪に足跡をつけていくようだ。妖しい官能に浸りながら、志織は女体の講義を続ける。

「最後はここよ。クリトリス……知ってる？」

「なんとなくは。女の人の一番感じるところなんでしょう？」

「えっと……まあ、そうね。一番かどうかは人それぞれだけど」

ラビアの合わせ目にある包皮をつまんで、上に引っ張ってみせた。ツルンと、中からピンクの肉豆が顔を出す。

「あんっ……こ、この小さな粒が、男性でいえばオチ×チンに当たるところよ。けど、多分オチ×チンよりずっと敏感だと思うわ。だから触るときは充分に気をつけてね。こんなふうにそっと……ん、んふっ」

泡にまみれた指でクリトリスの表面を一撫ですれば、快美感の火花が散って、膝頭がブルブルと震えた。志織はなおも撫で続け、たちまち肉真珠は膨らんでいく。

「普段は隠れている部分だから、汚れも溜まりやすいの。だからこうして……ハウッ……し、しっかりと洗っておく必要があるのよ。拓実くんも、オッ……チ×チンが剝けてなかった頃は、そうしていたでしょう？」

「う、うん」

「こうして根元までよく洗ったら……くううっ……ひっ……ひととおり、終了よ。拓実くん、シャワーでここを……流してくれる？」

拓実は頷き、壁に掛けてあるシャワーヘッドをつかんだ。蛇口をひねり、掌で温水の加減を確かめる。

「じゃ、じゃあ、やるよ」

「ええ、どうぞ……あっ、くふぅうっ」

無数の細い水流が女陰に当てられるや、くすぐったさにも似た肉悦が込み上げ、志織はビクビクッと腰を戦慄かせた。

(シャワーの細かい水圧がクリトリスに当たって……ああっ、気持ちいいぃ)

拓実は花弁をめくって、割れ目の隅々《すみずみ》にもシャワーを当てる。水圧が膣門を刺激するのも心地良い。水流の勢いも絶妙で、強すぎず弱すぎず、たまらない快感をもたらしてくれた。

また、温水というのもポイントである。温まって血行が良くなれば感度も上がる。

「うぅ……くっ、あぁ、泡が残っていると、後で炎症を起こして痒くなったりするから、ちゃんとしっかり、丁寧にね……んふっ……くぅうんっ」

クリトリスの泡はとっくに洗い流されていたが、志織は取り憑《つ》かれたように中指の腹で撫で回し続けた。今やフル勃起した肉蕾が静かに脈打ち、そのたびに甘美な痺れがジンジンと湧き上がる。

「ね、姉さん、もしかして……オナニーしてるの？」

拓実が上気した顔で尋ねてきた。

志織は指を止めず、淫靡な眼差しを義弟に向ける。

「そうよ……私のオナニー、見たかったんでしょう？」

はっきりと口に出したことで、逆に開き直ることができた。空いていた左手の指を二本、膣穴に挿入して、抜き差しを始める。内部は充分すぎるほど潤っていて、ジュプジュプという卑猥な音が鳴り響く。

（……拓実くんったら、我を忘れたみたいに私のオナニーに見入ってる。男の子に夢中になられるって凄くドキドキするわ。ああ、恥ずかしいけど、指が止まらないっ）

若牡の目を悦ばせていることが、志織自身の愉悦にもなった。

これまで彼くらいに年の離れた男を性の対象としたことはなく、志織は新しい世界に目覚めつつあることを自覚する。その官能に脳みそが蕩《とろ》け、理性が失われていく。

そして志織の視線もまた、彼の股間に吸い寄せられた。ペニスは隆々と怒張し、先端がへそに当たる勢いで鎌首《かまくび》をもたげていた。

「ふうっ……んっ、んふっ……拓実くんのオチ×チン、さっき二回も射精したのに、まだそんなに元気なのね。もう一回、出したい？」

「う、うん、出したいっ」

すかさず拓実は食いついてくる。期待を込めて頷くように、若勃起がヒクッヒクヒクッと躍動した。鈴口からは先走り汁の大きなしずくが溢れ出している。

「うふふっ、いいわ、もう一回しましょう。可愛い拓実くんのためだもの。いくらでもオチ×チンの特訓に協力してあげる」

志織は、いかにも弟思いの姉のように、優しい笑みで目を細めた。

だが本当は特訓など関係なく、志織もセックスがしたかったのだ。一年ぶりに解放されたアラサー女の性欲は、やりたい盛りの男子のそれにも引けを取らなかった。

風呂椅子を隅《すみ》にどかすと、志織は浴室の床に仰向けになる。背中に当たる、硬く冷たいタイルの感触。しかし女体の火照りを奪い尽くすには及ばない。拓実はシャワーを止めて壁に掛け、M字を描く女の股ぐらに飛び込んできた。

志織は左右の二本指を大陰唇にひっかけ、くぱっと広げてみせる。

「さあ拓実くん、今度は自分で入れられる？　ほら、ここが穴よ。ここに入れるの」

「あっ……あぁぁ……うん、わかるよ、姉さんの、オ、オマ×コの穴が……」

拓実はカウパー腺液をちびりながら竿を握り、鼻息も荒く、肉棒の先を膣口に押し当てた。たった今シャワーで洗い流したばかりのそこは、早くも愛液にぬかるんでいて、拓実は一気に腰を突き出してきた。荒々しく膣口が広げられ、ズブズブズブッと進入される。

（くううっ……拓実くんのオチ×チン、まだまだ全然硬いわ。鉄の棒を差し込まれているみたい……！）

自らを慰める義姉の痴態に興奮したのか、拓実は猛然《もうぜん》と腰を振り始めた。先ほどよりもずっと激しい。肉の拳がズシン、ズシンと、重たい連打を膣奥に叩き込んでくる。一突きごとに膣路が伸張し、さらに深く挿入されていく——志織は感覚でそれを理解した。

「はあ、はあ、姉さん、凄いよ……僕のチ×ポ、全部入っちゃいそう……！」

先ほどは入りきらなかった五センチほどの幹の余りが、今では二センチ以下になっているという。

しかし、志織に大した苦痛はなかった。むしろ秘奥の膣肉——ポルチオの急所を抉られるたび、甘美なパルスが下腹部の奥から全身へと広がっていく。

（ああん、やっぱり自分の指よりもオチ×チンがいいっ。奥がとっても気持ちいいし、おっきなオチ×チンでお腹の中がいっぱいになるこの感覚……たまらないわ、癖になっちゃう）

そして、志織にとってなにより嬉しいのは、やはり拓実がこの身体に夢中になってくれていることだった。

まだ十代の若者が、アラサーの自分の身体にむしゃぶりついている。悦びをむさぼるように懸命に腰を振っている。それが、この上なく女の優越感をくすぐるのだ。

「いいわよ、拓実くん、私は大丈夫だから、もっと深く、ううぅんっ……オ、オチ×チン、全部埋まっちゃうくらい、来てえぇぇ」

「は、はひっ……うっ、くっ……おおぉ、ふぅんッ」

額に汗して、拓実はさらに嵌め腰を励ます。肉壺から掻き出された愛液が滴り、飛び散って、牝の淫臭が浴室内に充満していった。

だが、それから三分ほども経つと、拓実の顔に苦悶の色が見え始める。

「あぅんっ、た、拓実くん……もしかして……？」

「へ、平気です、まだ……ううぅ、頑張れますっ」

強がってはいるが、その表情から、彼が射精感を募らせているのは明らかだった。

やはり志織の俵締めは、相当に男泣かせの名器らしい。膣口に匹敵する膣圧で、肉路の中間を締め上げ、ギュギュッと牡の急所に食いついているのだ。ピストンで雁首がその部分を潜り抜けるたび、拓実は眉間の皺を深くしたり、苦しげにウウッと呻いたりする。

志織は自分が絶頂できなくても構わないと思っていた。が、たとえ志織がそう言っても、きっと彼は歯を食い縛って射精を耐え続けるのだろう。義姉を少しでも愉悦の極みに近づけようとして。

(私だって、少しでも長く拓実くんに悦んでもらいたいけど……ああ、そんな辛そうな顔をしないで)

イッたふりをしてあげれば、この子は喜んでくれるだろうか？

いや、そんな嘘はつきたくない。それにもし嘘だとバレたら、間違いなく彼を傷つけてしまうことになる。

ならば、本当に絶頂してあげるしかない。

志織は義弟の自尊心を傷つけないように注意しながら、アドバイスを試みた。

「ねえ、拓実くん……私の好きなやり方、教えてあげましょうか？」

「姉さんの好きなやり方……？　う、うん、教えてっ」

「あのね、二人の腰をぴったりとくっつけるの。それからオチ×チンの上にある恥骨を、私のアソコにグリグリと押しつけてちょうだい。クリトリスが恥骨で刺激されて気持ちいいのよ」

「腰を……くっつけるんだね。わかった」

拓実は、志織の両脚を肩に担ぐ。太腿を両手で抱え、力強く引き寄せて、同時に腰に体重を乗せてきた。ググ、グ……ズプッ。

巨根はついに根元までズッポリと埋まり、互いの股間が密着する。

「お、おほぉう！　そう、そうよ、次は……」

「これで、クリトリスを……こ、こう？」割れ目の上端に恥骨を押し当てた状態で、上下に、左右に、拓実は腰を揺らした。

「あ、そっ……ンヒイッ！」

クリトリスだけでなく、膣底のポルチオ肉にも亀頭が深々と突き刺さっているのである。女の急所が二箇所同時に押し潰され、こね回されて、志織はたまらず奇声を上げてしまった。

「ね、姉さん？　今ので良かったの？」

「え……ええ……凄くいいわ……っ、続けてっ」

「う、うん」

拓実は腰のグラインドを続ける。愚直に、丁寧に。

外と中の快感が電流の如く駆け抜け、女体を貫《つらぬ》き、脳裏で爆《は》ぜた。余りの気持ち良さに一瞬息が詰まり、志織は声も出せなくなる。

（ああっ……ああああっ……！　い、いいっ……これ、凄イイイッ！）

亡夫の陰茎では、根元まで挿入しても、志織のポルチオを軽くノックする程度だった。亀頭を押し当てて擦りつけられている今の愉悦のほうが、遥かに激しい。志織は細首を晒して仰《の》け反《ぞ》る。九歳も年下の男にすがりつくように、彼の腰に戦慄く両脚を巻きつける。

「んっ……ヒッ……そ、その感じでぇ……そう、そおぉう、臼を挽くように腰を回してっ……くうう、んいぃいいぃいッ」

「姉さん、これでいいの？　これがいいんだね？　うん、わかったよ！」

拓実は嬉しそうに瞳を輝かせた。腰をグラインドさせる動きは、ピストンよりもペニスへの刺激がマイルドになり、射精感に多少の余裕が生まれたようだ。乱れ狂う女体を眺め、彼は満足げに口角を吊り上げる。

（ダ……ダメだわ……私……私もう、夢中になっちゃってる……拓実くんとのセックスに溺れちゃうううぅ）

亡夫との愛の交歓を上回りかねない、肉悦の極み。それが今、目の前に迫っていた。理性が掻き消され、倫理観が崩壊し、心は快楽の奴《ど》隷《れい》と化す。

「おほおぉ……た、拓実くん、私、イッちゃいそうっ……拓実くんのオチ×チンで、イカされちゃうわ……あひっ、ん、も、もっとして、もっとグリグリいぃ！　奥も、クリも、気持ちいイイィン！」

「うわっ、あぁ、姉さんのオマ×コも凄ぃよ。入り口と真ん中で、僕のチ×ポ、もぐもぐ食べられちゃってる！　僕ももうすぐ、イクよっ……くっ、ウウウッ！」

拓実はさらに激しく腰を揺らした。グラインドさせてはピストンを施す。そしてまたグラインド。火を吹きそうなほど熱を帯びた剛直が、淫穴を荒々しく掻き乱し、掘り返す。ヌチャヌチャ、グチョグチョと、濡れ肉の擦れ合う音が盛大に響いた。

（ああっ、来る、来る、こんな凄いの、初めてかも……！）

さながらジェットコースターで急降下するときのような——身体が宙に浮き、胃の腑が迫り上がるような感覚が志織を襲う。

「や、や、ダメぇぇ……んあぁ、イク、イクッ、イクーッ‼」

外イキと中イキを同時に極め、女体はオルガスムスの荒波に呑み込まれた。

上も下もわからなくなり、全身がバラバラになりそうな衝撃にただ翻弄される。

「ああっ、締まる、締まるっ……も、もうっ、うあああああッ‼」

拓実も肉悦の頂点に達して吠えた。膣底に押しつけられた亀頭の先割れから、高圧洗浄機の如き勢いでザーメンが噴き出す。アクメに痺れるポルチオ肉が、駄目押しとばかりに白濁流で抉られ、志織は続けざまにまた達した。

「んっ、ぐぅううっ！　あぁぁ、止まらないわ、イグううぅ……」

頭の中が真っ白になり、もはや志織は、なにも考えられなくなった。

3

志織はハッと我に返った。

すると拓実が、志織の上に倒れ込んでいた。ゼエゼエと喘いで、汗だくの火照った身体を揺らしている。

(私、ちょっとだけ気を失っていた？　セックスでそんなことになったの、生まれて初めてだわ)

全身がだるかったがそれでも両腕を動かし、彼の頭を巨乳に抱きかかえた。

「……お疲れ様、拓実くん」

しかし拓実は、まだ返事ができないようである。彼の後頭部を優しく撫でながら、志織はふと、亡き夫のことを考えた。

今でも志織の心には、夫への愛情がある。

だから、夫以外の男性に抱かれるなど考えられない、自分はもう一生セックスはしないと、これまでは思っていた。

だが現に、夫の弟である拓実とセックスをしてしまった。

ただ、不思議と夫を裏切った気持ちにはならない。生前の夫は、弟の拓実をとても可愛がっていた。だから、

（私が拓実くんに抱かれても……赦《ゆる》してくれるような気がする）

もちろん、世間の常識としては、義理の弟とセックスをするなど間違っている。

そう思いながらも、一年ぶりに得たこの幸福感を、温かな心地良さを、志織は否定することができなかった。飲酒で紛らわすことしかできなかった寂しさや悲しさが薄れていることに気づいていたから。

夫の顔を脳裏に思い描いても、胸を締めつけるような痛苦に襲われない——

それは、未亡人になってから初めてのことだった。

湯船の湯気の溜まった天井。それをぼんやり眺めていると、そこからしずくが一粒、不意に落ちてくる。

しずくは拓実の背中で跳ねる。すると、彼はゆっくりと顔を上げた。

「ね、姉さん……どうだった……？」

「うん」と、志織は頷いた。「凄く良かったわ」

「凄くって、つまり……その……イッちゃったってこと……？」

拓実は不安げに見つめてくる。志織はもう一度、彼の頭をそっと撫でた。

(やっぱり、そこが気になるのね)

嘘偽りなき証として、真心を込めて微笑んでみせる。

「……ええ、イッたわ。拓実くん、あなたはセックスで立派に女をイカせたのよ。おめでとう」

「ほんとに？　僕、女の人を満足させたんだね？　ああ……良かったぁ」

心からほっとしたように、拓実は安堵の笑みを浮かべた。

その健気さに、志織は思わず胸がキュンとなる。しかし同時に、妙に引っ掛かるものも感じた。女の勘が働いたのだ。

おそらく拓実には、セックスで満足させたい女がいる。そのための練習がしたかったのだろう。だから志織を絶頂させることにもあんなにこだわったのだ。

「拓実くん、もしかして……好きな人がいるの？」

「えっ……な、なんでっ？」

女の勘が確信に変わった。拓実は明らかに動揺していた。

「ふーん、拓実くんったら、好きな人が他にいるのに私とセックスしちゃったのね。……ふふっ、いいのよ、私とのこれはあくまで練習ですものね。で、好きな人ってどんな人？　同じ大学の女の子？」

拓実は答えなかった。ただ照れくさそうに笑っただけだった。

第三章　隣人はセックスフレンド

1

義理の姉弟による蜜戯から一週間ほどの日々が過ぎた。

その日、大学の講義は三限までで、電車通学をしている拓実は、午後五時前には地元駅に着いていた。

寄り道はせず、いつもの家路を真《ま》っ直《す》ぐに歩く。十五分ほどで我が家が見えてくる。

しかし拓実はそのまま帰宅せず、宮下家の一つ手前の一軒家、その門扉《もんぴ》の前で立ち止まった。ドキドキしながらインターホンのボタンを押す。

(この間は全然駄目だったけど、今日こそは……)

胸の内では、決意の炎が燃え上がっていた。

ほどなくインターホンから返事が来る。拓実が名乗ると、相手は声を弾ませて言った。どうぞ、入ってと。

拓実は遠慮なく門扉を抜けて、玄関から家の中に入る。

この家にたった一人で住んでいる甲本円花《こうもとまどか》が、笑顔で拓実を出迎えてくれた。

「よく来てくれたわね。拓実くんの顔を見るの、二週間ぶり？　もっと？　かしら。もう来てくれないいんじゃないかって思っていたのよ」

「すみません、その……」

「ああ、いいのよぉ、別に責めてるわけじゃないんだから」

円花はにこにこしながら一方的にしゃべる。「そんなことより、さあさあ上がって。コーヒーでいいわよね？」

「は、はい」

拓実はリビングダイニングに通され、挽《ひ》きたての豆を丁寧にドリップした彼女特製のコーヒーでもてなされた。ダイニングテーブルで向かい合うように席に着き、拓実の大学生活のことや、最近若者を中心に流行《はや》っているスイーツのことか、そんなたわいない会話を始める。

話をしながら、拓実はさりげなく彼女を眺め、改めて思った。

（ああ……円花さん、やっぱり素敵だ、綺麗だ）

長いまつげに縁取られた、ぱっちりとした黒目がちな瞳。真っ直ぐに通った鼻筋。ぽってりとしたつややかな唇は、ちょっとだけアヒル口っぽくて、なんともチャーミングだ。

（初めて会ったときと少しも変わらない——ううん、円花さんは、あのときより今の方がもっと美人だ）

三十二歳の彼女は、少女のようにいつも明るく、その美貌はまばゆいほどである。そして年を経るごとに、上品な艶《なま》めかしさも色濃くなっていった。

初めて拓実が彼女と出会ったのは五年前のことだ。隣の家に引っ越してきた彼女が挨拶にやってきて、当時十四歳だった拓実は一目惚れしたのだ。

しかし、そのときすでに円花は人妻だった。隣の家は元々、画家の男が住んでいて、彼女はその画家と結婚をしたのだ。彼は六十五歳だったそうで、円花とは四十歳近く年の離れた、なかなかに珍しい年の差婚だった。

円花は気さくな性格で、家の前でたまたま顔を合わせたりすると、「ちょっと寄っていきなさいよ」と拓実を招き、よくコーヒーをご馳走してくれた。画家の夫は、絵の制作を始めるとアトリエの部屋に籠もってしまうらしく、彼女は話し相手に飢えていたのだ。ただの世間話をするだけだったが、二人っきりの時間を過ごすことで、拓実はますます慕情《ぼじょう》を募らせたものである。

だが、彼女は人妻で、十三歳も年上。そのうえまるで人気女優のような、まれに見る美人だ。こんな人が自分のような子供を相手にしてくれるわけがないと、拓実は思わざるを得なかった。やり場のない想いを発散させるため、彼女をオカズに毎夜の如く精を放った。

ところが、彼女の新婚生活はたったの一年で終わってしまう。画家が病気で死んでしまったのだ。

明るい彼女もさすがに悲しみに暮れ、塞《ふさ》ぎ込《こ》んだ。家に籠もって、ろくに食事も取らなくなってしまった。そんな彼女を元気づけるため、拓実はそれまで以上に彼女の家を訪ねるようになった。慣れない料理をしてあげたり、近くの公園へ散歩に連れ出したりした。

あれから四年。円花は、すっかり立ち直ったようである。

元気になった彼女を見て、拓実はずっと考えていた。円花さんはもう独り身なのだから、僕が告白してもいいんじゃないだろうか？　と。

だが、なかなか決意は固まらなかった。自分も大人になってから、二十歳を迎えてからでもいいのではないか？　などと考える一方、こんな綺麗な人がいつまでも未亡人で居続けるのだろうか？　僕がぐずぐずしているうちに、他の誰かと再婚してしまうのではないか？　という不安も込み上げてくる。

それで今から半月前に、とうとう拓実は彼女に愛の告白をしたのだ。

結果は――駄目だった。円花は最初、拓実が冗談を言っているのだと思い込んでいた。やがて拓実が本気なのだと理解しても、「ごめんなさいね」と謝って、首を横に振った。

しかし拓実は諦めなかった。今日こそは――

「拓実くん、どうしたの、聞いてる？」

呼ぶ声に、拓実はハッとする。目の前の円花のことが、つい上の空になっていた。

「あっ、す、すみません。ちょっとぼうっとしちゃって」

円花はクスッと笑う。「コーヒー、もう空《から》でしょう？　お替わりいる？」

「あ、はい、じゃあ――」

頂きますと言おうとして、拓実は言葉を呑み込んだ。

汗を滲ませた掌をギュッと握り締め、今日の本題を彼女に告げる。

「いえ、あの……ま、円花さん、僕……もう一度チャンスが欲しくて、今日は来たんです」

「え……チャンスって？」

首を傾げる円花に、拓実は言った。

「僕に、円花さんのセックスフレンドが務まるか、もう一度テストしてください」

2

半月前のその日、拓実の告白が本気だと理解した円花は、申し訳なさそうに眉根を寄せつつ、苦笑いを浮かべて言った。

「うーん……私ね、年上の男の人しか愛せないの。亡くなったあの人だけじゃなく、今まで付き合ってきた相手も、みんな五十代や六十代の人たちだったわ」

拓実のことは好きだが、それは円花にとって、弟を可愛がるような感覚なのだという。

「夫が亡くなったとき、落ち込んでいた私を元気づけてくれて、そのことは心から感謝してるわ。けどね、それと男女の愛は別物なのよ」

しかし拓実は諦めなかった。今にも折れそうな己の心を必死に支えて守り、励まし

つつ、自分がどれだけ円花を好きか、その思いを訴え続けた。だが、

「私……拓実くんが思っているような女じゃないと思うのよ」と、円花は言った。

どういうことですかと拓実が尋ねると、円花は微妙な笑みを浮かべ、気まずそうに告げた。

私ってね、結構スケベな女なの——と。

「うん、だから、セフレとしてなら付き合ってあげてもいいわよ？」

これには拓実も唖然とした。

円花がそんなことを言いだすとは、夢にも思っていなかったのだ。しかし、幻滅はしなかった。女性にだって性欲があるのは理解できる。五年間、育《はぐく》み続けてきた恋心は、その程度で醒《さ》めたりはしなかった。

だから、セックスフレンドでも構いませんと、円花に詰め寄った。

もちろん拓実の本意ではない。が、身体の関係から始まっても、いずれは恋人に昇格できるかもしれないと思ったのだ。ここで断ってしまったら、その可能性もなくなってしまう。

すると、テストを受けることになった。セックスフレンドとして、ちゃんと女を満足させられるのか、それを見極めるためのテストである。拓実は意を決して挑むが、

童貞の未熟《みじゅく》さが露呈《ろてい》して、あっという間に不合格を言い渡されてしまった。

だが、今の拓実はもう、半月前の拓実とは違う。

童貞を卒業してから今日まで、毎晩のように志織とセックスの練習を重ねてきたのだ。たったの一週間で女殺しのテクニシャンになれたわけではないが、

「拓実くん、筋がいいのかしら。私が教えたことは全部ものにしたわね。とっても上手になったわ」と、志織からはお墨付きをもらっている。

真っ直ぐな眼差しで、拓実がテストの再挑戦を願い出ると、円花はにわかに困惑顔となった。

「拓実くんったら……まだ諦めていなかったのね」

「はい！　お願いします！」

テーブルにぶつける勢いで頭を下げる。

すると円花は溜め息をつき、いいわと言った。「そこまで言うなら……でも、この間と一緒で、私が駄目だと思ったらすぐに不合格にしちゃうわよ。いい？」

「は……はい、ありがとうございますっ」

拓実は顔中を喜びの色に染め、テーブルの下で拳を握り締める。

そんな拓実の様子に、首を傾げる円花。「……なんだか自信があるみたいね。なぁ

に、まさか風俗にでも行って練習してきたの？」

拓実は答えず、ただニヤリと不敵に笑ってみせた。

怪訝《けげん》そうな顔をしながら円花は椅子から立ち上がり、リビングダイニングの大きなガラス窓のカーテンを閉めていく。

拓実の家は、甲本家のリビングダイニングの窓とは反対側だが、こちら側にも別の家があった。向かいの家の、あの磨《す》りガラスの窓が急にガラッと開いて、これから拓実たちがすることを見られてしまったら、ご近所中の噂になり、義母や義姉の耳にも入ってしまうかもしれない。

円花がカーテンを閉め終わると、拓実も椅子から立ち上がった。テーブルから離れ、二人で間近に向かい合う。

「じゃあ……はい、どうぞ」と、円花が胸を反らしてきた。

その胸元は、明らかに志織のFカップを上回るボリュームだった。薄手のニットは、そこだけ露骨に縦筋が広がっており、丸々とした巨大な膨らみの輪郭にぴったりと張りついている。

前回と同じく、この爆乳への愛撫からテストは始まるようだ。半月前の拓実は、ただでさえ女の胸に触るのは初めてだというのに、この爆乳に圧倒されて、おずおずと遠慮がちに下乳を揉むことしかできなかった。その結果、ものの数分で不合格となったのである。

しかし、もうそんなヘマはしない。まずは双乳を持ち上げるように鷲づかみにして、軽く揉みながら左右にユサユサと揺らした。

（本当に柔らかいなぁ。姉さんのオッパイも凄く柔らかいけど、円花さんのも負けてないや。柔らかいけど張りもあって、ずっしりと重たい。水風船みたいだ）

最初から強く揉みすぎると女は心地良さより痛みを覚えるし、かといって弱すぎると、女はだんだん焦れてしまう。ちょうどいい力加減があるのだと、志織は教えてくれた。

そして乳房を左右に揺らすと、ブラジャーの裏地に乳首が擦れて、仄《ほの》かな快美感が味わえるのだという。

「んっ……ふ、ふぅん、前よりはましになったじゃない。ほんとにどこで練習してきたの？」

「……ネットでいろいろ調べたんです。まだまだ、これからですよ」

円花の肩がピクッと震えるのを、拓実は見逃さなかった。自分の愛撫が効果を上げていると確信し、拓実は次なる手技を披露する。

双乳の頂上に当たりをつけると、人差し指の爪で、表面をなぞるようにそっと引っ掻いていった。

「あっ……！　うう、んふぅ……くっ」

円花の艶めかしい反応を見ながら、カリカリと乳丘を引っ掻き続ける。

やがて乳首の目星をつけた拓実は、乳輪ごと挟み込むイメージで、親指と人差し指で膨らみを小気味良くつまんだ。

拓実の勘《かん》は見事に当たったようで、円花は「はうんっ!?」と可愛らしい悲鳴を上げる。

両手の二本指でさらにキュッキュッとつまみ、揉んでいくと、円花の鼻息がどんどん乱れていった。

「ブラジャー越しでも気持ちいいですか？」

「ふぅんっ……くうっ……あ、あうぅ」

恥ずかしいのか、大人のプライドなのか、円花は答えてくれなかった。

しかし、彼女の頬は赤く色づいているし、なにより――

「乳首、硬くなってきてますよね？」

「や、やだぁ、そんな……言わないで」

イヤイヤと円花は首を振る。だが、乳首責めをやめろとは言ってこない。爆乳を男に差し出したまま、悩ましげに女体をくねらせている。

拓実が愛撫を初めてからもう五分以上は経っていた。少なくとも前回のテストのときよりは長く続いている。確かな手応えを感じながら、円花に問いかける。

「まだ続けます？　それとも……」

円花はちょっとだけ悔しそうに言った。「わ、わかったわ。もうオッパイは充分。……でも、まだセフレ合格ってわけじゃないわよ」

拓実が乳揉み奉仕をやめると、円花はすぐさま服を脱ぎだす。

それは拓実が目を丸くするような、なんとも潔い脱ぎっぷりだった。あれよあれよという間に下着姿になったかと思うと、ブラジャーを外し、生乳房を露わにする。

パンティを脱ぐために彼女が上半身を前傾させると、巨大な膨らみがロケットの先端のような形になってぶら下がり、左右の房がペチペチとぶつかり合った。

その様に、拓実の目は釘付けになる。テストの第一関門を突破したことで気を大きくしていた拓実だが、直《じか》に見る爆乳の迫力にすっかり圧倒されてしまった。

円花はパンティも脱ぎ去り、生まれたままの姿となると、自慢げに胸を張って、中玉スイカにも匹敵するサイズの肉房をブルルンッと揺らす。

「どう、凄いでしょ？　うふふっ、Ｉカップよ」

義姉の巨乳より三段階も上。拓実は呆気に取られ、しばし言葉を失った。

円花の乳房はただ大きいだけではない。形も素晴らしく、豊かな丸みによって実に艶美《えんび》な輪郭線を描いていた。さすがに多少は重力の影響を受けているが、薄桃色の乳首は、膨らみの頂点でしっかりと上向きに息づいている。

（こんなに凄いオッパイだったとは。それに身体も綺麗だ）

心がだんだん落ち着いてくると、拓実は、彼女の裸体の隅々まで美が宿っていることに気づいた。

爆乳に象徴されるように、なんとも肉感的な女体であるが、ウエストから腰にかけての急カーブは息を呑むほどに美しく魅惑的だった。芸術的と言ってもいいだろう。そしてムチムチの太腿が、三十過ぎとは思えぬほど瑞々しく張り詰めている。

（綺麗で、なんてエロい……！）

拓実のペニスはとっくに怒張し、先走り汁がパンツをじっとりと湿らせていた。

以前の円花との茶飲み話で、彼女が結婚前にモデルをやっていた話を聞いたことがある。「そんなに人気はなかったけどね」と彼女は言っていたが、なるほど、これほど挑発的でインパクトのある体つきだと、着ている服よりも身体の方が主張してしまって、ファッションモデルの仕事は難しいのかもしれない。

「円花さんって……確かヌードモデルもやっていたんですよね？」

絵描きの人たちのヌードデッサンのためのモデルもやっていたそうで、こちらは結構好評だったという。その仕事の関係で、亡夫である画家の彼と出会ったのだとか。

「円花さんのこの裸を見て、よく絵なんて描いていられるなって思いますよ。いやらしい目で見てくる人とかいなかったんですか？」

「デッサン会に来るのは、みんな真面目に絵を描いている人たちなのよ。だから、そういうエッチな人は……たまにしかいなかったわね」

いかにもウブそうな若い男が、顔を真っ赤にして全然描けなくなってしまったり——その程度はまだ可愛い方だが、中にはデッサンなどそっちのけでスケベな視線を送ってくるおじさんも、いるにはいたそうだ。

やっぱり……と、拓実は納得してしまう。ただ、そういう不純な参加者がいても、円花は大して気にならなかったという。

「私、人から見られるのが好きだったのよ。エッチな目で見られると、私もちょっと興奮しちゃって……モデルの最中に濡れちゃったこともあるわ」

「ほ、ほんとですか？」

「ええ、ほんとよ。出番が終わった後、我慢できなくてデッサン会場のトイレでオナニーしちゃったこともあるんだから。ふふっ……びっくりした？」

円花は悪戯っぽく笑い、唖然とする拓実の目を覗き込んできた。私はそういう淫らな女なのよ？　あなたはそんな私を本気で受け入れられる？　と、瞳で語りかけられているような気がした。

拓実は己を奮《ふる》い立たせ、自らも衣服を脱ぎ捨てる。瞬く間に全裸となって、そそり立つペニスをさらけ出す。

弾けんばかりに張り詰め、猛々《たけだけ》しく反り返った剛直を見るや、今度は円花が目を丸くした。

「た……拓実くんってば、可愛い顔して、そんな凄いオチ×チンを隠し持っていたの？　うわ、うわぁ、おっきいぃ」

ふらふらと近づいてきて、拓実の前にひざまずくと、好奇心に我を忘れた様子でペニスに指を絡めてくる。

「やだ……昔、マッチョ系のモデルの子に、二の腕を触らせてもらったことがあるけど、このオチ×チン、鍛えまくってる筋肉と同じ感触だわ」

手触りを確かめるように、彼女の手筒がキュッキュッと幹を握った。

「あ、あうっ」

「若い子って、こんなに硬くなるのね」

さらには雁エラの出っ張りや、竿に浮き出た野太い血管を、指先でなぞるように何度も撫でてくる。

（ああ、いやらしい触り方……）

くすぐったくも気持ちいい。湧き上がる愉悦に、拓実は腰を震わせた。カウパー腺液が亀頭の先割れでぷっくりと膨らむ。

憧れ続けた女性が、夢中になって自分の性器を触っている。その淫らな光景にも、拓実の官能は高ぶりを禁じ得なかった。フル勃起と思われたペニスに、さらなる血潮が流れ込む。

「え、え、嘘ぉ……！　ムクムクって、また膨らんだわ。こんな大きいの、は、入るかしら……？」

「しっかり濡らせば、大丈夫ですよ。さあ円花さん、今度は僕のクンニの腕を確かめてください」

拓実は、全裸の円花をソファーに座らせた。浅く腰掛けた状態で、艶めかしく肉づいた太腿を大きく開帳してもらう。

デルタを彩る草叢《くさむら》はなんとも慎《つつ》ましいものだった。大陰唇は見事にツルツルで、ぷっくりとしたヴィーナスの丘のほとんどが地肌を露わにしていた。

なんでもモデル時代にきっちりと手入れをしていたのが、今でも習慣として残っているのだそうだ。

そして割れ目の内側は、すでにうっすらと潤っていた。

(円花さんの、オマ×コ……!)

これまで自慰のネタとして想像することしかできなかった彼女の秘所。それをついに目の当《ま》たり《あ》にした拓実は、濡れ光る粘膜の有様に、鮮やかなピンクの彩りに、全身の血を沸騰させる。もしまだ童貞で、これが初めて見る生の女性器だったら、今この瞬間に精を漏らしてしまっていただろう。それほどの興奮だった。

拓実は彼女の股ぐらに鼻先を近づけ、胸一杯に恥臭を吸い込む。潮の香りと甘いヨーグルト臭が混ざった、なんとも複雑な匂いだった。無論、アンモニアの微かな刺激も鼻腔に感じられる。

(エッチな匂いだ。これが円花さんの匂い)

裸を見られることは嫌いじゃなくても、性器の臭気を嗅がれるのはさすがに恥ずかしいようで、円花は顔をしかめて頬を赤らめた。

「た、拓実くん、そんなに丁寧に舐めなくてもいいからね？　ああ、まさかこんなことになるなんて思ってなかったから、シャワーも浴びてないし……。ね、やっぱり今から浴びてきてもいい？」

「駄目です」

左右の肉土手に指を引っ掛け、さらに割れ目を広げ、拓実は容赦なく媚肉に舌を這わせていった。甘酸っぱい風味と塩気が味覚を刺激する。

「大丈夫ですよ、そんなにしょっぱくはないですから。円花さんのここ、とっても美味しいです……れろ、れろ、れろっ」

このなんとも言えぬ塩味は、汗だけでなく、小水の拭《ふ》き残しのせいもあるだろう。だが拓実は、少しも汚いとは思わなかった。汗だろうが小水だろうが、愛しい彼女の身体から出てきたもの。嫌悪感など湧くはずもない。

むしろ牝臭のフェロモンと合わせて、牡の生殖本能を高ぶらせる最高の媚薬だった。舐めるほどに拓実は虜となり、脈打つ肉棒の先がトン、トンと、下腹を打つ。

「そ、そんなこと言わなくていいのっ。あっ、ああん、やだ、上手……ほううっ」

小振りの花弁を舐めしゃぶり、包皮の上から舌先で陰核をこねると、太腿の柔肉を震わせて円花は身悶えた。志織から教わった舌戯のテクニックは、円花にも充分に効いているようである。

彼女が悩ましく呻くと、肉の輪っかが幾重《いくえ》にも折り重なったような膣口もパクパクと収縮し、奥から澄んだ蜜が新たに溢れ出してくる。

やがて膨らみきったクリトリスが、包皮を押しのけるようにして顔を出した。すかさず唇を当てて吸いつくと、円花はヒイイッと悲鳴を上げて跳び上がり、拓実の顔を両手で押し返す。「も、もういいわっ。クンニも合格、合格っ！」

拓実はニヤリと笑った。「じゃあ、次はいよいよ本番のテストですね？」

「え、ええ、そうね……」

円花は観念したように溜め息をつき、ブツブツと呟きながらソファーに横たわる。

「ああ、まさか拓実くんとほんとにセックスすることになるなんて……。わかっていると思うけど、由香里さんや志織さんには絶対内緒よっ？」

「もちろんです。誰にも言いません」

拓実もソファーに上がると、M字を描く美脚の狭間《はざま》に膝をつき、濡れそぼつ肉溝と向かい合った。

一応はベッド代わりにもなりそうなサイズのレザー製ソファーだが、さすがに男女が絡み合うには少々手狭である。が、そんな窮屈《きゅうくつ》さも、未亡人との交わりという背徳的なシチュエーションには妙に似つかわしく思えた。

天井を向いた肉棒を握り下ろし、濡れた媚肉に亀頭を擦りつけて、その蜜を絡め取る。それから肉の窪地に先端を押し当て、

「入れますよ……？」

円花が小さく頷くのを見て、拓実はグイッと腰を押し進めた。

「あ、あ……広がっちゃうぅ……あ、あぅんッ」

張り出した亀頭冠が肉の門を潜り抜ける。拓実は彼女のコンパスを両脇に抱え、フル勃起の太マラをズブズブと押し込んでいった。

(おおっ……これは、かなりの締めつけだ)

腰に力を込め、前のめり気味に体重をかけて、ようやくペニスは進入していく。拓実のそれが太すぎるせいもあるだろうが、膣路自体もやや硬いように感じられた。ただ、その分、摩擦感は相当のものである。

(姉さんのアソコとは、また違う気持ち良さだな)

やがて亀頭が膣底に当たった。さらに腰に力を入れると、もうちょっとだけペニスが埋まる。しかし、行き止まりの膣壁の感触から、これ以上深く挿入するのは難しそうに思えた。幹の根元はまだ三、四センチほど余っている。

「くううぅ……や、やっぱり……大きいいぃ」

円花は苦しげに喘いだ。眉間には大きな皺が刻まれている。

「だ……大丈夫ですか？」

「ううう、だ、大丈夫よ……。でも、しばらくこのまま……まだ動かないでね」

これほどの巨根を迎え入れたのは初めてなのだそうだ。

円花の男性経験は決して少なくないらしいが、亡き夫を始め、交際した男たちは皆、五十代、六十代の年配者だった。十代の少女の頃から極度の年上好みで、拓実のような若さに溢れた剛直の持ち主はいなかったという。

「十代の頃から、おじいちゃんみたいな人と付き合ってたんですか？」

「そうね、初めて付き合った人はおじいちゃんってほどじゃなかったけど……それでも五十三歳だったわ。けど、その人は普通に奥さんも子供もいて、私、不倫は嫌だったからすぐに別れちゃった」

円花は、いわゆるロマンスグレーの男に惹《ひ》かれるのだそうだ。

(じゃあ僕みたいな年下は、全然タイプじゃないってことか……。い、いや、諦めるな！　あれだけ姉さんに練習に付き合ってもらったんだ。まずはセックスで、年下の良さをわかってもらおう)

これまで一人も彼女が出来なかった拓実は、経験豊富で女心を熟知しているわけでもないし、老練なベッドテクニックを身につけているわけでもない。

しかし、精力をみなぎらせた若者ならではのセックス、それならば自分にも勝ち目があるはずだと、自らを励ます。

「そろそろいいですか？　動きますよ」

「あ、待って、もう少し……あ、あふうぅ」

拓実は構わずピストンを開始した。

とはいえ、最初は緩やかに腰をスライドさせる。狭穴の膣肉も多少はほぐれていて、挿入した直後よりは動きやすくなっていた。

「これくらいのスピードなら……どうです？」

「あ、うぅ……こ、これくらいなら、そうね、気持ちいいかも……んふっ」

ゆったりとした旋律を奏《かな》でるバイオリンの弓の如く、拓実はピストンを操る。

膣肉にぴっしりと刻まれた襞は、一枚一枚、角が立っており、強い膣圧と相まって、実に甘美な摩擦感をペニスにもたらした。

(なんて気持ちいいオマ×コ……。僕、ついに円花さんとセックスしてるんだ)

彼女の身体だけが目的だったわけではない。が、五年も憧れ続けた女性との初めての行為は、義姉との肉交では味わえぬ感動があった。

無意識のうちに嵌め腰が加速していく。トン、トン、トンと、亀頭が膣底を小突くまで差し込み、雁高の段差が膣口の裏側に引っ掛かるまで引き抜く、大振りのストローク。

ますます摩擦快感は増し、肉棒の芯がカーッと熱くなる。しかし、ものの数分で果ててしまうようなことはなかった。

義姉との練習の賜物《たまもの》で、セックスの愉悦に少しは耐性がついた——というのも一つの理由だが、実のところ拓実は今日、大学から帰る前に、人気の少ない校舎のトイレに行って、手淫で精を抜いてきたのである。しかも、二回も。

おかげで、ヌルヌルの肉ヤスリに亀頭や裏筋を擦りつけつつも、ペニスにはそれなりの余裕があった。

むしろ円花の方が、高まる肉悦に動揺しているようである。

「あ、あぁぁ……た、拓実くん、思っていたよりずっと上手ぅぅ。こんな腰使い、ネットで調べただけじゃ無理でしょ……!?」

「いや、まあ……練習したんです」

「練習って、一人で？　うっ、んんっ……無理よね、相手がいないと。まさか、ダッチワイフみたいな、エッチな人形を買ったの？」

「ち、違いますよっ」

あらぬ誤解を解くために、拓実は、歴とした人間の女性と練習したことを明かさなければならなかった。

だが、そうすると、今度はその女性のことを問い詰められる。

「それはその、昔……昔ですよ？　付き合っていた女性がいたんです。その人とセックスをして……」

「彼女がいたの？　ううん、そんなの嘘。信じられないわ」

半月前の最初のテストのときの拓実は、まるで童貞丸出しだった。これだけのピストンができるのに、あんなお粗末な胸の揉み方をするわけがないと、円花は言い張る。

拓実は言葉に詰まった。

「ねえ拓実くん、なにか隠してるでしょう。まさか変なところで借金して、風俗に行きまくったとか？　それとも、セックス目的で男女が集まるいかがわしいサークルに出入りをしているとか……拓実くんの大学にもそういうのあるの？」

「なっ……そ、そんなこと知りませんっ」

あぁ、もう、うるさいなぁ。拓実は苛立ちを叩きつけるように、止まっていた嵌め腰を勢いよく再開する。もっと感じさせて、おしゃべりをする余裕などなくしてやろうと思った。

膣路がほぐれ、剛直に馴染んできたのをいいことに、抽送の角度をいろいろと変えてみる。女壺の中のあちこちを膨れ上がった鎌首で擦り、様子をうかがった。膣穴の感じる場所は女によってそれぞれだと、義姉から教わっていた。

「円花さんだって、セフレとしてなら付き合ってあげるとか言ってるじゃないですか。充分、いかがわしいですよっ」

「あっ、ああっ……うぅぅ、そ、それはそうだけど、でも……ヒャウンッ!?」

円花の朱唇から、不意に奇声のような、色めいたよがり声が飛び出す。

それは膣路の真ん中辺り、腹部側の肉壁に亀頭が当たったときだった。拓実はもう一度その場所をグリッと擦ってみる。

「ああっ、ダメッ、そこは……ほっ、ほうぅんっ！」

ここだなと、拓実は確信した。

(やっぱり、姉さんの言っていたとおりだ)

それは最も女を狂わせる性感帯の一つ、Ｇスポットである。その存在のことも、志織から教わっていた。

どうやら円花のGスポットは、なかなかに感じやすいようである。拓実は両脇に抱えていた美脚を両手でつかみ直し、勢いよく前へ押し倒した。くの字を超え、Uの字まで屈曲する女体。

「円花さん、膝の裏を持ってください。自分の手で、さあっ」

「や、やぁん、こんなエッチな格好、初めてだわ……はううぅ」

円花は頰を赤らめながらも、言われたとおりにする。ついさっきまで拓実を問い詰めていたことも忘れてしまった様子だ。

円花自身の手でマングリ返しの姿勢を維持させると、拓実は上体を起こす。

膣口が上向きになったので、ちょうど腹部側の肉壁に亀頭がよく当たるような抽送角度となった。肉の拳が、目的の場所をピンポイントに擦る、抉る。

「いやぁ、あぁぁん……！　そこ、ダメぇ、よ、弱いのおぉ……あっ、ふううっ……うぅーんっ！」

円花の乱れ方が明らかに激しくなった。拓実が腰のストロークを短くし、Gスポットを重点的に責め立てると、嬌声はますます官能的な音色を帯びる。

その声に拓実も高ぶり、ブラブラと揺れている彼女の足首をひっつかんで、足の裏に顔面を擦りつけた。長く伸ばした舌で土踏まずを舐め回しながら、指の股に鼻先を突っ込み、秘めやかな臭気に倒錯の劣情をたぎらせる。

「やだぁ、拓実くん、なにやってるのぉ!?　そんな、汚い、臭いところ、ダメッ……ああぁ、はうぅん、くすぐったいぃ」

「円花さんの足なら、汚くも臭くもないですよ。それにいい感じの塩気があって、とても美味しいです」

「バ、バカあぁ、拓実くんったら……ああーっ、んっ、んっ」

艶めかしくも切なげにくねる、美しき豊腰。仰向けになってなお、見事な丸みを保っている爆乳も、それに合わせて重たげにタプンタプンと揺れた。

彼女の両足を堪能《たんのう》した後、拓実は両手を伸ばし、今度は右へ左へと躍る乳肉に触れる。活き活きと弾む振動が指先に伝わってくる。

「ああ……このオッパイが、僕の夢に何度も出てきたんですよ」

しかし夢の中の乳肉は、どれだけ揉んでも、なんの感触も得られなかった。

生乳房の手触りに高揚し、拓実は衝動のままに乳首をつまんで引っ張った。左右の肉房が流線型に伸びる。

その状態でピストンを励ませば、振動で乳肉自体が上下に波打った。拓実が指を使わなくても、乳首には刺激が加わり続けるのだ。

「アッ、いやぁ、女のオッパイで遊んじゃ駄目っ。もう、拓実くんがこんな悪戯するなんてぇ……あっ、んっ、ひぃィンッ」

「でも、気持ちいいでしょう？」

指先にさらに力を込め、充血した乳首を押し潰す。

イヤイヤと円花は首を振った。しかし、口から漏れるのは甘ったるいアへ声。両手は相変わらず膝の裏をしっかとつかみ、自ら大股開きの破廉恥ポーズを取って、身も世もなく身悶えている。

その乱れっぷりは、拓実がこれまでズリネタとして想像したどんな彼女の姿よりもはしたなく、艶美だった。そんな彼女を目の当たりにして、拓実の恋心はますます燃え上がる。感じている円花さんは、なんて綺麗なんだろう。もっと感じさせて、もっともっと綺麗にしたい！

と、異変は突然現れた。

「おうっ!?　こ、これはっ？」

これまでなかった膣路のうねりで、射精感が急激に高まる。波打つように収縮する肉壁が、ペニスを力強く締め上げながら、奥へ奥へと引きずり込んでくるのだ。

「うわっ、あっ、チ×ポが揉まれて、吸い込まれてっ……ま、円花さんのオマ×コ、エロすぎるうぅぅ」

「はぁ、あぁ……な、なに、言ってるの？　わた、私、別に、なにもして、なっ……うぅうぅ、んほ、ウウッ」

円花の声が、なにやら途切れ途切れになっていた。その様子は、ただ単に快感に喘いでいるだけではなさそうだった。拓実はふと、彼女のなめらかな腹部が忙しく上下していることに気づく。

腹部の動きと膣路の淫靡な蠕動《ぜんどう》は、タイミングが一致していた。ただ、これは円花が意図的にやっていることではないらしい。性感が高まると、自然と腹部がこのように痙攣するのだそうだ。

（きっとその痙攣が、オマ×コのうねりに繋がっているんだろう）

今までに名器の持ち主だと言われたことはないか、拓実は尋ねてみた。

しかし彼女は、Gスポットの悦に美貌を歪めつつ、首を横に振った。そんなことは亡き夫にも言われなかったという。

「もしかして……これまでセックスで感じたことは、あんまりないですか？」

この膣穴のパワフルなうねり、それがもたらす強烈な快感。志織の俵締めにも劣らぬ名器といっていいだろう。

しかし、その名器を覚醒させるには、女体の快感レベルが一定以上に高まらなければならないのだ。おそらく彼女の亡夫も、付き合ってきた男たちも、それをなし得なかったに違いない。

案の定、円花はばつが悪そうに拓実を見て、小さくコクンと頷いた。

それはつまり、これまで彼女がセックスをしてきた相手の誰よりも、拓実が、この女体に快感を与えているということ。

頬が緩むのを禁じ得ず、拓実は嵌め腰を最高潮に轟《とどろ》かせる。揺れるソファーはギッシギッシと軋《きし》み、途切れ途切れの円花の嬌声と奇妙なリズムを刻む。

「はひっ、いいっ、や、やだあっ……まっ、待って、ストップ！　拓実くん、ほんとに、だっ……駄目ッ！　あぁ、でっ……出ちゃう、うぅ、うぅうウンッ」

「ふっ、ふっ、うんっ……出ちゃうって、なにがですか？」

拓実が尋ねると、円花は恨めしそうに睨んできた。

しかしピストンを止めずにいると、やがて彼女は耐えきれないといった様子で、

「あう、あぁあぁ……おぉ、おっ……オシッコ、オシッコよぉおぉ！」

切羽詰まったような美貌は、真っ赤に染まっていた。

大人の女の、尿意を我慢している表情が、妙に拓実をムラムラさせる。Ｇスポット

責めを続行しながら、口元に意地悪そうな笑みを浮かべた。

「じゃあ、僕をセフレとして認めてくれますか？　テストは合格ってことで」

「うっ……そ、それは、また、別の話よっ……私、まだ、満足させられた、わけじゃない、からぁ……！」

「そうですか。じゃあ、やめるわけにはいきませんね」

円花が訴えているのは、おそらく本物の尿意ではない。志織から聞いた話によれば、Gスポットを責められた末に尿道口から噴き出すのは、小水ではないそうだ。

男の射精の如く放出される、無色無臭の透明な液体。それは拓実も噂に聞いたことがある、潮吹《しおふ》きという生理現象だという。

好奇心を胸に、拓実は猛然と腰を振り、ペニスの反り返りでGの膣肉をゴリゴリと耕す。掻き混ぜられた白蜜が肉溝から溢れ、滴り、その恥臭は汗の匂いと混じって、女体はさらに濃厚に薫《かお》り立った。

「ひっ、ふっ……駄目ぇ、もれ、漏れちゃう！　ほんと、にひぃっ……んおぉ、ふぎぃ、いぃいぃ！」

どうやら本気で失禁してしまうと思っているらしく、円花は鬼気迫る勢いで前髪を振り乱す。

すでに忘我の領域に足を踏み入れているようで、彼女はもう、自らの膝の裏をつかんでいられなくなっていたが、代わりに拓実が、ムチムチの太腿に指を食い込ませて上から押さえ込み、膝頭が乳房を押し潰すほどのマングリ返しを強制していた。

きっと円花のアクメは近い。だが、それは拓実も同様である。

(これ以上は、僕もっ……)

膣路の苛烈なうねりに肉棒をしゃぶり倒され、拓実は歯を食い縛りながら、高速ピストンに全力を尽くした。陰嚢《いんのう》が固く迫り上がり、今にも決壊しそうな前立腺が悲鳴を上げる。

「円花さん、イッて！　僕っ……うぅウウウッ!!」

ついに耐えきれず、パンパンに張り詰めた若勃起が爆《は》ぜた。

ヒステリックに竿を打ち震わせ、大量のザーメンを未亡人の穴に注ぎ込んでいく。

(ま、まだだ……！)

拓実はそれでも抽送を続けた。

最後のあがきで今一度、彼女の乳首をつまみ、爪を立て、馬の手綱の如く引っ張りながら左右同時にグイッとひねる。

それがとどめとなったのか——

「ヒギイッ、駄目えぇ、私、私っ……オシッコ、あっ、いっ、クウウウウッ!!」

嗚咽《おえつ》のような叫び声。そして円花の背中がソファーから跳ねた。宙に投げ出されていた彼女の両脚が強張り、太腿に緊張が走り、爪先が内側へ強く折り曲げられる。

膣穴とクリトリスの中間にある小さな口から、ピュッ、ピュピュー ッと、待望の淫水がほとばしった。まさに噴水の如く。

(やった、潮吹きだっ!)

生ぬるい液体が腹部や胸元にまでかかったが、拓実の心には感動しかなかった。

潮吹き自体は数秒程度で終わったが、狂おしげな女体の戦慄きはしばらく続いた。

義姉とのセックスの経験から、円花が絶頂を迎えたのはまず間違いないと、拓実は確信する。

精神的にも肉体的にも深く満足し、ピストンを収束させていった。

「はぁ、はぁ、円花さん……イキましたよね?」

彼女の乳首から指を離すと、弾かれた柔肉がプルルンと揺れる。

円花は、答えなかった。双乳を揺らして喘ぎつつ、大きく開いた瞳で呆然と虚空を見上げていた。

玉の汗を滴らせる、火照った美貌。それは、アクメの余韻に酔いしれながら、どこか戸惑っているようにも見えた。

（もしかして、円花さん、セックスでイクのは初めてだったとか……？）

が、やがてその瞳に理性の光が蘇る。

すると彼女は拓実を睨みつけ、突然、両足で自転車を漕ぐように蹴りつけてきた。

「うわ、ちょっ……ま、円花さんっ？」

「も……漏らしちゃったじゃないっ。だから、ストップって言ったのに……ああ、もう、もう、拓実くんのせいよっ！」

「いてて、だ、大丈夫ですよ。オシッコじゃないんですから」

「なにをわけのわからないことを言って……や、やだぁ、このソファー、本革なのにっ！」

上品につやめくソファーの座面には、小さな水溜まりが出来ていた。

3

強制潮吹きに腹を立てた円花だったが、かつてない快感を得て絶頂してしまったのは確かだった。拓実のセックスを認めざるを得ず、結局はセックスフレンドの関係を結んだのだった。

あれから五日経った。

そのたった五日で、円花はもう拓実の虜だった。いや、正確には、彼とのセックスにぞっこんだったのだ。

自分がこれほど淫乱な女だったとは、と呆れるほどだった。拓実と交わるたび、三十路《みそじ》を越えたこの身体は、どんどん助平女のそれに変化していった。

たとえば——朝でも夕でも、家の中だろうが外出中だろうがお構いなしに、ふとした弾みで乳首がムズムズしてくるのだ。

するとたちまち充血し、硬くなった突起がブラジャーの裏地に擦れて、甘く焦れったい快美感が湧き上がってくる。スーパーで買い物中に我慢できなくなり、トイレに駆け込んでオナニーに耽ってしまったりもした。家にいるときは、疼《うず》く乳首をいじりながら、浅ましくもテーブルの角に股間を擦りつけてしまう始末。

ここまで来ると、もはやセックス依存症寸前である。

しかし拓実のせいにはできない。そもそもセックスフレンドを提案したのは円花自身なのだから。

実のところ、「セフレとしてなら付き合ってあげてもいいわよ?」などと言ったのは、半分は冗談で、もう半分は拓実の告白を断るための口実だった。まさか彼が、それでもいいと言いだすとは思わなかったのだ。

円花は、拓実の真意を測りかねている。最初からセックスが目当てだった？　いや、それなら円花は気づいたはずだ。「セフレでもいいです！」と言ったときの彼は、願ったり叶ったりと喜ぶどころか、悲壮感すら漂《ただよ》わせていたのだから。

しかし、それでもやはり、十三歳も年上の女に彼が本気で好意を抱いているとは思えなかった。そういう円花は筋金入りの年上好きで、己の倍以上の年齢の男と結婚したわけだが、男と女では事情が違うだろうと思っている。

きっと拓実は、性欲と愛情を混同しているに違いない。そのことを自分自身で気づいていないのだ。

このままセックスフレンドの関係が続き、日々性的に満たされれば、いずれ彼も自分の本心を理解するだろう。愛だと思っていたものが、実は肉の欲望だったのだと。

もし、それで彼の心が離れていってしまうなら、少々寂しくはあるが、仕方のないことだと円花は思った。

だが、その日までは、自分もこの関係を愉しませてもらおう。

二度目のセックスフレンド試験のとき、円花は屁理屈をこねて不合格にすることもできたのだ。なのに、合格にしてしまったのは、初めて知ったセックスの快感に嵌まってしまったからである。

肉の交わりで得られる絶頂感は、オナニーで達したときとは比較にならなかった。女体は、その愉悦にすっかり味を占めてしまったのだ。

三十二歳になるまでそのことに気づけなかったのは、過去にセックスしてきた相手が、皆、下手くそだったというわけではない。

亡夫を始め、円花がこれまで付き合ってきた男たちは、性欲がほとんど涸れていたのだ。そういう男が、円花の好みだったのである。年老いても性欲をギラつかせているような男は、正直、タイプではなかった。

亡夫は、結婚したときにはもう六十五歳で、勃起力も衰え、セックスで女を昇天させるだけの体力もなかった。一度精を放ったら、その晩はもう打ち止め。だから円花は、イクまで嵌めてもらったことがなかったのである。

それでも円花は構わなかった。そもそも性欲は少ない方だと自分では思っていたし、どうしてもムラムラすることがあったら、オナニーで充分に発散できていた。

だが、もうあの頃には戻れない。円花は女の真の悦びを知ってしまったのだから。

朝、目が覚めると、『今日も待ってるわ』と、セックスに誘うメールを拓実に送る。

それがもはや日課になっていた。

午後二時を少し過ぎた頃、待ちに待ったインターホンが鳴った。土曜日の今日は、拓実は午前中の授業しか取っていないのだとか。円花はウキウキしながら玄関へと急ぎ、拓実を出迎える。

「ああん、おかえりなさい、拓実くん」

「円花さん、ただいま。友達と昼ご飯を食べてきたら、ちょっと遅くなっちゃいました。ごめんなさい」

走ってきたのか、息を弾ませながら拓実は謝った。背中にはリュックを背負っている。大学から直接駆けつけてくれたのだろう。

「まあ！　拓実くんったら、私とのセックスより友達付き合いの方が大事なのね？　ショックだわぁ……なぁんて、うふふっ、冗談よ」

拓実の目の輝きを見ればわかる。彼だって、一刻も早く円花とセックスをしたかったに違いない。そんな拓実がいじらしくてたまらなくなった。

「それじゃ早速始めましょ」と、円花は玄関の上がり框《がまち》の縁《ふち》にひざまずく。まだ靴も脱いでいない拓実のズボンのファスナーを下ろした。

「わ、円花さん、ここでするんですか？」

「ふふっ、一生懸命走ってきてくれた拓実くんのために、まずはお口でサービスしてあげる」

すかさずズボンとパンツを膝まで下ろすと、円花は、未だ垂れ下がっているペニスに鼻先を寄せる。駅から走ってきて汗をかいたからか、いつにも増して濃厚な牡の性臭が嗅覚を刺激した。

(男の子の匂いって、どうしてこんなにもゾクゾクしちゃうのかしら)

臭くないと言えば嘘になる。だが、なぜか嫌悪感は少しも湧かない。

女を狂わせ、その気にさせるフェロモンの力は、年配者のそれよりも遙かに強く感じられた。

居ても立ってもいられなくなった円花は、すぐさま肉茎に食いつく。口内で舌を躍らせ、レロレロと亀頭を舐め回すと、瞬く間に怒張が始まった。

「ううぅ……今日もとっても気持ちいいです。円花さんのフェラチオ」

「んふっ……んむ、じゅる、ちゅぶぶっ」

膨らんできた肉玉の先割れに、尖らせた舌をこじ入れ、チロチロとくすぐると、拓実は膝を細かく震わせ、切なげに鼻息を乱していく。

ことフェラチオに関しては、円花は人並み以上の自信があった。なにしろロマンスグレーの男たちは、珍しくセックスをする段になっても、若牡のように簡単に勃起できないのである。そのため円花は、前戯の手技、口技をいろいろと研究した。

ペニスを完全勃起に導くや、牡の急所へ的確に舌を絡めつつ、水飲み鳥の如き首振りを始める。ぽってりとした肉厚の朱唇でチュプチュプと雁首をしゃぶり、さらには陰嚢を掌で撫でて、揉んで、ねんごろなハンドマッサージを施した。

チラリと見上げると、悩ましげに呻く拓実と目が合う。

「はぁ、はぁ、あうぅ、うっ……い、今、誰かお客さんが来たら、円花さんが美味しそうにチ×ポをしゃぶっている姿を見られちゃいますね……？」

拓実は情火をともした瞳で、口淫奉仕に励む円花をじっと見下ろしていた。

彼の視線を顔中に感じ、円花も官能を盛らせていく。股間の割れ目からジクジクと愛液を滲ませながら、

（オチ×チンしゃぶっている私、エッチでしょ？　いいわ、もっと見てぇ）

淫靡に微笑んで、ますますフェラチオに熱を込めた。

頬が凹むほどに吸引し、チュボッ、チュボボボッと、卑猥な音色を大音量で響かせる。年老いた男たちの衰えたペニスにも活力を吹き込んだ、円花お得意のバキュームフェラである。

「くううっ……チ、チ×ポが蕩けそうっ」

「ちゅむ、じゅぽ、ずぼぼっ……ん、んっ、むぢゅううっ、むぼっ、んぼっ」

拓実の言うとおり、突然玄関が開いて、来訪者が現れるかもしれない。お隣さんや、外を歩いている人に、この破廉恥な音が聞こえてしまうかもしれない。しかしそう思うと、円花は不安になるどころか、背徳の興奮に身を震わせ、密かに肌を粟立《あわだ》たせるのだった。

あるいは拓実は、円花のそんな本性に気づいているのかもしれない。ニヤリと口角を吊り上げ、さらなる淫戯を求めてくる。

「円花さん、今度はオッパイを使って……パイズリしてくれませんか？」

「んっぽ。え、パイズリって、オッパイでオチ×チンを挟むやつでしょ？　私、やったことないんだけど……ううん、いいわ、頑張ってみる」

円花はカットソーとブラジャーを脱ぎ捨て、爆乳を露わにすると、肉房を両手で持ち上げ、反り返る肉棒をその谷間に迎え入れた。

そして、左右から乳圧をかけて挟み込む。さすがの巨根は、Ｉカップの乳肉の中にも収まりきらず、谷間からニョッキリと頭を出していた。

その様が妙に可愛くユーモラスで、円花はクスッと笑った。若勃起の硬さと熱さを感じながら、とりあえず肉房を上下に揺すってみる。

「こ、こんな感じ……？　ごめんなさい、どうすればいいのか、よくわからないから……あんまり気持ち良くないでしょ？」

「そんなことないですよ。柔らかくってすべすべのオッパイがチ×ポに吸いついてきて……ああ、これがパイズリなんですね」

肉棒は唾液でヌルヌルだったため、円花は乳房の付け根が引き攣《ひっ》るほどに、パイズリをどんどん加速させていった。飛び出している亀頭にも舌先を這わせ、溢れる先から鈴口のカウパー腺液を舐め取っていく。

爆乳による摩擦感は円花が思う以上に甘美だったようで、拓実はほどなく、追い詰められた者の震え声でこう告げた。

「おぉ、おうぅ……そ、そろそろ、イッちゃいそうです。このままじゃ、あ、あぁ、円花さんの顔に……！」

だがそれは、円花には、彼が顔面射精の許しを暗に求めているように思えた。彼の目を見ていると、そんな気がしたのだ。

肉の銃口は、こちらの顔面を狙っている。円花は口の中で唾液を溜め、亀頭の上からドロリドロリとこぼした。天然の潤滑油《じゅんかつゆ》を得て、乳房の谷間の摩擦はさらになめらかになる。

「いいわよ、拓実くん。大サービスで、顔で受け止めてあげるっ」

円花は最高潮に乳肉を躍らせ、ペニスを射精の領域へ追いやる。ヌッチョヌッチョ、チュボッ、グポポッ。響く異音、泡立つ唾液。

「ぐうっ、イイ……んですね？　だ、出しちゃいますよ？　お、おぉ、うっ……ああ、出る、出るウゥ!!」

歯を剝《む》いて、拓実は獣の如き唸り声を上げた。射精の瞬間、肉棒は勢いよく跳ね上がり、尿道口の向きが変わる。白濁の液弾は、円花の頭上を飛び越えてほとばしる。

鎌首がしゃくるたび、コンデンスミルクを思わせる濃厚なスペルマ弾が続けて放たれ、円花の後ろの床に、円花の頭に、ボタボタと滴り落ちた。

射精の勢いが弱まっていくと、ついには顔面にも当たり、円花は両目をギュッと閉じた。これまでフェラチオは、あくまで前戯として行ってきたので、顔で受け止めるなど初めての体験だった。

（精液ってこんなに熱かったの？　まるでトロトロの玉子スープみたいだわ。あ、あ、まだ出てる。まぶたにもべっとり張りついちゃって、これじゃ目も開けられない）

それに、ああ、この匂い——

むせ返るようなザーメン臭に眉根を寄せつつ、円花はその匂いを、無意識のうちに胸一杯吸い込んでいた。

4

拓実にティッシュで顔の後始末をしてもらうと、鼻腔に染みついた牡汁の残り香にクラクラしながら、円花は彼を連れて二階の寝室へ向かった。

二人とも、もはや遠慮も恥じらいもなく全裸になって、窓際のダブルベッドでファックを始める。

騎乗位の体勢で、拓実の胸元に両手をついて、円花は威勢良く腰を躍らせた。ロマンスグレーの男たちの腰に優しい体位であるため、円花が一番慣れ親しんでいた交わり方である。

「おっ、うぅん、すっごく深いところまで来てるぅ。拓実くんの太くて長ぁいオチ×チン……まるで胃の辺りまで届いてるみたいっ」

拓実とセックスをするようになってまだ五日だが、円花の肉壺は、ずいぶんと彼の巨根に馴染んできたようだった。拓実が言うには、最初は硬めだった膣壁がだいぶ柔らかくなって、抽送しやすくなったそうだ。

最初の頃は、どう頑張ってもペニスの根元が三、四センチほど余っていたが、今ではあと一センチ足らずのところまで挿入できていた。せっかくならこの剛直のすべてを収めてみたいと、円花は勢いよく腰を落とし、容赦なく自らを串刺しにする。

かつての夫婦のベッドが悲鳴を上げるように軋み、横たわる拓実も、粘膜同士の荒々しい摩擦に苦悶の声を漏らした。

「くおぉ、だ、大丈夫ですか、円花さん、そんな激しくして……？」

「平気よ、大して苦しくないわ。拓実くんのオチ×チンのせいで、私のアソコの、おぉ、お肉……ちょっと、緩くなってるんじゃないかしら？　んふ、ふふっ」

ガバガバの穴になっちゃったら、拓実くんのせいよ？　と、円花は冗談めかして言った。

それに対し、拓実はブンブンと首を振る。「円花さんのオマ×コ、柔らかくなって、もっと気持ち良くなりましたよ。締めつけは相変わらず強くて、オマ×コの肉が、あぁ、チ×ポにぴったり吸いついてくるぅ」

「ほんと？　ふふふっ、良かった。私もね、初めて拓実くんとセックスしたときより、今の方が気持ち良くなってきてるみたい……おっ、おほっ、奥ぅうぅ」

鉄の棒のような巨根で膣底を打たれると、最初は多少の痛みも覚えたものだ。が、次第に痺れるような快美感が込み上げ、今では苦痛よりも愉悦の方が勝ってきている。

（確か、ポルチオ性感帯とか言うのよね）

なんでもクリトリスやGスポット以上の絶頂感が得られるのだとか。

性的好奇心に駆られ、円花はさらに強く膣底を抉った。嵌め腰を励ませば、巨大な乳肉がタプンタプンと上下に跳ねる。

その動きに魅入られたかのように拓実は目を見開き、両手を伸ばしてきた。いじってもらえると思っただけで、円花のピンクの突起は早くもウズウズし始める。

（ああん、つまんで、転がして！　乳首も好きぃぃ）

背中を反らし、胸を突き出して、円花の方からも彼の指を迎えにいく——

そのとき、ベッドのすぐ横の窓の外から、人の足音のようなものが聞こえてきた。

もちろん窓のカーテンは閉めているので、外の様子はうかがえない。ただ、音から察するに、向かいの家の二階のベランダを誰かが歩いているのだろう。

向かいとは、つまり拓実の家のことだ。

円花は息を呑み、慌てて嵌め腰を止める。

「……きっと母さんですね。洗濯物でも取り込んでいるのかな」

小声でそう言い、拓実は人差し指の先で甘やかに乳首を撫でてきた。

「あんっ、ダメ……声が出ちゃうぅ……」

円花は懸命に口を閉じるが、喉の奥から込み上げる切ない媚声は止められない。

彼の手を振り払うなどして、乳首への悪戯をやめさせるのは簡単だ。だが、円花にはそれができなかった。微電流のような快美感に乳首が痺れるたび、理性がどんどん冒《おか》されていく。

「ねえ、円花さん……窓を開けてみませんか？」

薄笑いを浮かべながら、拓実が尋ねてきた。

「えっ……い、今、この状態で？　駄目駄目、そんなこと……ひううッ」

「じゃあ、上だけは服を着てください。それならいいでしょう？」

拓実の指が突起を押し潰し、キュッキュッと引っ張ってくる。

「ちょっと窓を開けて、挨拶をするだけです。まさかセックスをしているなんて、母さんも気づきませんよ」

人に見られるの、好きなんですよね？　と、拓実は囁いた。

確かに円花は、かつてのヌードモデルで男たちの視線に興奮した。が、さすがにセックス姿を露出するほどの大胆な願望はなかった。

しかし乳首の悦に倫理観を狂わされ、円花は結局、彼の提案に乗ってしまった。いったんベッドを降り、床に投げていたカットソーだけを着て、再び結合する。

円花の顔が窓の方を向いていないと不自然なので、今度は体位を少し変えた。窓のある壁とベッドの隙間に、拓実が膝から下を入れて、ベッドに対して横向きで仰臥《ぎょうが》する。円花は彼に背中を向けてまたがり、背面騎乗位で屹立を挿入した。

（これでほんとに大丈夫かしら……。ああ、私、とんでもないことをしようとしてる？）

ドキドキしながらカーテンを開ける。拓実の言っていたとおり、宮下家のベランダには彼の義母の由香里がいて、せっせと洗濯物を取り込んでいた。

ガラス窓を開けると、すぐに向こうもこちらに気づく。「あら、円花さん、こんにちは」と、由香里がにっこり微笑んだ。

今の円花の体勢だと、窓の位置や大きさの関係で、向こうからは、こちらの胸元までしか見えていないだろう。実際、由香里は少しも不審に思っていない様子だ。

（大丈夫よ。普通にしていればバレないはず……）

心の動揺を笑顔で塗り潰し、円花は由香里とたわいない世間話をする。

拓実もじっとしていてくれて、膣路にあるのは巨根の小気味良い拡張感だけ。これくらいなら顔に出さずにいられる。窓の下の有様が、彼女にバレることはない。

そんなふうに心に余裕が生じ始めたときだった。会話がちょっと途切れたタイミングで、由香里が、家の前の道路の方を気にするそぶりを見せた。

「どうかしました？」

「ええ、その、拓実さんがまだ帰ってきていなくて……。今日は午前中だけの授業のはずなんですけど……」

円花は、一瞬だが顔を強張らせてしまう。

内心の焦《あせ》りを必死に笑顔で取《と》り繕《つくろ》って、

「ど、どこかで寄り道でもしてるんじゃないですか？　たとえば、その、友達なんかと遊んでいるとか……」

すると由香里は、そうですよねと言って、複雑そうな表情に苦笑いを浮かべた。

「拓実さんくらいの年頃なら、そういう友達付き合いも必要ですよね。それなら別にいいんですけど……でも、もしかしたら……」

「も、もしかしたら？」

「……ねえ円花さん、もしかしたら拓実さんに恋人がいたりしないでしょうか？」

真顔で尋ねられ、円花は口から心臓が飛び出しそうなほど驚いた。

円花は拓実の恋人ではないが、セックスフレンドとして、まさに今、淫らに繋がっている真っ最中なのだから。

不安か、それとも緊張のせいか、思わず拓実の太腿をギュッとつかんでしまう。

すると拓実は、なにを思ったのか、突然、腰を使い始めた。緩やかにペニスを突き上げ、トン、トンと、子宮口に軽いノックを施してきたのだ。

(ちょっ……だ、駄目、今は……ああっ！)

悪戯《いたずら》なピストンに、弱火で延々とあぶられるような快感が膣底から込み上げる。

「……円花さん？」

「えっ……あ……拓実くんの恋人のこと、ですよね？　すみません、私にはちょっと……うふんっ……わ、わからないです」

充分に開発されたわけではないポルチオには、むしろそんなソフトな刺激の方が適しているのかもしれなかった。女体の秘奥に生じた媚熱は、ゆっくりと、しかし確実に高まってゆき、甘やかな痺れと共にじわじわと子宮にも伝わっていった。

(こんなに気持ちいいと……ああっ、お腹の肉がヒクヒクしだしちゃうっ)

性感が一定のレベルを越えたことで、円花の腹部がいよいよ波打ち始める。膣路が力強くうねりだした証拠である。

名器と呼んでも差し支えないという男泣かせの膣蠕動。そのことを拓実から聞かされたとき、円花はとても驚いた。オナニーで高ぶり、腹部が痙攣するように蠢《うごめ》きだしたことはこれまでにも何度かあったが、そのとき膣路がそんな淫らな躍動をしているとは、まるで自覚していなかったのだ。

自分という女の身体は、強い快感を覚えるほど男を悦ばせられるようになる。そういうふうに出来ているのだと、齢《よわい》三十二にして知ったのだった。

「あっ……チ、チ×ポが……吸い込まれるうぅ」

我慢できずに拓実が呻き声を漏らすが、幸いそれは由香里の耳には届かなかった。

由香里は最後に取り込んだ洗濯物を胸に抱き、寂しげに目を伏せて呟く。

「最近、なんだか拓実さんが変わったような気がするんです。急に逞しくなった……というわけでもないと思うんですけど、どことなく大人っぽくなったような、男らしい雰囲気になったような……」

「そ、それは……い、いぃ、ことじゃ、ないですか？　拓実くんも、来年で……はうぅ……二十歳、なんですしっ……」

募るポルチオ感覚に下半身を戦慄かせつつ、必死に平然を取り繕う円花。

物思いに沈むように由香里はうつむいていた。どうやら円花の震え声にも気づかなかったらしい。

やがて由香里は顔を上げ、寂しげな表情を残したまま微笑む。

「……そうですね。いつまでも小さくて可愛かった拓実さんではないですものね」

その後、会話は途切れ、沈黙が続いた。やがて由香里はぺこりと頭を下げ、家の中に戻っていった。

円花は窓を閉じ、カーテンを閉める。途端に拓実が動きだした。いったん結合を解いて円花の股ぐらから抜け出すと、すぐさまバックから嵌め直してくる。

そして先ほどの焦らすような腰使いから一転し、機械の如き高速ピストンで、蜜壺をジュポジュポと掻き混ぜてきた。

「あうんっ、た、拓実くんったら、ほんと、いけない子よね。お母さんが、すぐそばに、いたのにっ……いぃ、いやらしく、腰を振っちゃってぇ……どういう気持ち、だったの？」

「いやぁ、だって、円花さんが欲しがってるような気がして……。母さんに見られながら、円花さん、興奮してたでしょう？」

「そぉ、そんなことっ……やぁん、そのオチ×チンの突き方あぁぁ」

腰の動き自体は激しくとも、拓実はストロークを絶妙に調整していて、膣底を穿《うが》つ肉拳の威力はそれほど強くなかった。小気味良いジャブを雨あられと打ち込まれる感覚に、子宮が蕩けるような甘美な振動に、円花は酔いしれる。

「じょ、上手うぅ、拓実くん……そう、それ、いっぱいちょうだい……ふおぉ、んと、に、すごっ、凄いわ、凄ひっ、んひぃいいっ」

窓枠に両手でしがみつき、壁に額を擦りつけて身悶えた。ぶら下がる大きな肉房も前後に揺れ、ペチッペチッと壁に当たる。

と、拓実の手が後ろから伸びてきて、振り子の如き双乳を鷲づかみにした。人差し指と中指の股に乳首を挟み込み、荒々しく揉みしだく。

「円花さん、僕もうイッちゃいそうです。円花さんも一緒にイキましょうっ」

「あぅうぅ、わ、わかったわぁ……じゃあ、もっと乳首、してっ……もっと気持ち良く……そ、そうぅうぅぅ」

コリコリになった乳突起を、二本の指がつまんで、こねて、すり潰してくる。

膣底と乳首への同時攻撃だ。乳首への甘い刺激は、Gスポットを擦られ、ポルチオを連打される感覚に掻き消されるどころか、むしろその膣悦と重なり合った。より大きな快感となって、女体をアクメの淵に引きずり込もうとする。

（気持ちいい、気持ちいい……セックスって最高っ）

夫を喪《うしな》ってからもう四年。悲しみはだいぶ癒《い》えていたが、その分、円花は、夫への愛情も薄れているような気がしていた。

親の反対を押し切って結婚するほど愛していたのに。夫の死後、自分も彼の後を追おうかと、本気で考えたこともあったのに。

夫と過ごした日々の記憶に心が掻き乱されることは、今はもうない。

幸せも喜びも、時間が経てば皆色あせていくものなのだろうか――。そう思うと、人前では明るく振る舞いつつも、ときどき、なんともいえぬ寂しさに襲われる。すべてがむなしくなって、なにをする気力も湧いてこなくなる。

しかし、そんな悩みが馬鹿らしく思えてくるほど、拓実とのセックスは気持ちが良かった。

拓実が教えてくれた性の快感は、暗い思考を大津波の如く呑み込み、洗い流してくれた。そして、まっさらな大地に小さな芽が生えるように、女体の奥から新たな生命力が湧いてくる。

「のおおん、来た、キタあぁあぁ……いいっ、クゥ、奥で、子宮で、あぁぁ、イッちゃう、んほぅうぅ！」

ポルチオへの刺激で達するのは、これが初めてだった。クリトリスやGスポットでの絶頂とも違う、全身がドロドロに溶けてしまいそうな極上のアクメ痺れ。

「いいぃクッ……イクッ、イクイクッ！　イッ、グゥううぅ!!」

強烈な快感がどっと押し寄せ、まるで身体が宙に放り出されたかのような感覚に襲われる。つかんでいた窓枠に爪を立て、ガクガクと打ち震える我が身に耐え忍ぶ。

「うぐうぅ、チ×ポが搾《しぼ》られるぅ……ああっ、僕も、もう、ダメッ……！」

拓実から聞いた話では、円花がオルガスムスに戦慄いているこの瞬間こそ、膣壁のうねりが最も荒々しく活発になるそうだ。

最後に一突き、力強く膣底を抉り、拓実はドクンと肉棒を脈打たせる。

「イキますっ……ウウウウーッ!!　おおぉ、クーッ、は、はひっ、ウウーッ……ふっ、ふっ、ふううぅ」

大量の樹液を噴き出しながら、拓実はなおも子宮口をノックし、つまんだ乳首に左右のひねりを加え続けた。

「ヒッ、ヒッ！　やや、ヤメッ……もう充分だから、ダメぇ、ううーっ、ううぅ」

敏感なアクメ膣への容赦ない追撃で、円花は続けざまに昇天する。

際限のない激悦に女体はとうとう力尽き、もはや指の一本も動かせなくなった。

（ああ、もう無理……もう死んじゃう……）

朦朧《もうろう》とする意識で、やがて拓実が挿入を解いたのを感じた。

彼は、円花の身体を恭《うやうや》しくベッドへ横たえる。そして、おずおずと口づけを捧げてきた。唇同士がそっと触れ合うだけの、なんとも初々しいキス。

彼と口づけを交わしたのは、これが初めてだった。別に嫌ではなかったので、彼のしたいようにさせる。

（セックスはあんなに大胆なのに、キスはとってもおとなしいのね。可愛い……）

ただ、情交の悦びに耽《ふけ》っているときほど、円花の心はときめかなかった――。

第四章　寂しがり屋の義母

1

昼に隣の未亡人と交わり、夜に義姉を抱く。

そんな淫蕩な日々を繰り返し、一週間が過ぎた。

拓実自身、我ながら無節操だとは思っている。無論、自分が想いを寄せているのは円花だけだが、やりたい盛りの十九歳男子には、美人の義姉との関係を断つことは難しかった。

セックスが上達すれば、より円花を悦ばせることができるから。自らにそんな言い訳をして、肉漬けの毎日を過ごしていた。

その日、拓実はいつもより早く眠りについた。今夜は珍しく、志織との秘め事は行われなかったのだ。

志織の職業はシステムエンジニアで、五日ほど前から仕事が山場を迎えていたという。帰宅するのは日付が変わってから。数時間後には始発電車に乗ってまた出勤。ろくに睡眠も取れていなかった。

それでも拓実とのセックスは続けていたのだが——。

とにかく志織は疲れ切っていた。しかしそんな日々も、今日で終わりを告げた。抱えていた大きな仕事が、ようやくすべて片づいたのだという。

ふらふらになって帰ってきた志織は、シャワーだけ浴びると、すぐに寝てしまった。さすがに体力の限界だったようだ。

拓実としても、二人の女を満足させる日常は、それなりにハードだった。いくら若くても精力は消耗し、疲労は溜まっていく。

だから今夜は遊びも勉強もそこそこに切り上げ、早めにベッドに入ったのだった。

が——夜中にふと目を覚ます。

カーテンの隙間からうっすらと月明かりが差し込むなか、拓実は寝ぼけた頭で、掛け布団がモゾモゾと動いていることに気づいた。

(布団の中に……誰かがいる？)

だが、その者に害意がないのは明らかだった。股間の心地良い感触がその証拠。拓実の陰部がパジャマのズボン越しに撫で回されていた。

なんだ、姉さんか。侵入者の正体がわかって、拓実はほっとする。

手を伸ばし、ベッド脇のカラーボックスの上の目覚まし時計を取って、液晶パネルのバックライトを点灯させてみた。時刻は、午前一時を過ぎたところ。

(姉さんってば、やっぱりセックスがしたくなって、それで起きてきたのかな?)

女性に夜這いをかけられるというのは初めての経験である。

このまま声をかけずにいたら、いったいどこまでしてくるのだろう? 拓実はしばらく様子を見つつ、この状況を愉しむことにする。

ペニスはすでに充血し、大きく膨らんでいた。

(あ……ズボンを下ろそうとしている)

ウエストに手をかけられ、少しずつズボンがずり下ろされていく。拓実は寝たふりに徹して、脱がしやすいように腰を上げたりはしなかった。

布団の中の手こずっている様子を感じつつ、じっと待つ。ようやくズボンが脱がされると、次はボクサーパンツで、これにも時間がかかった。

ついに陰茎が剝き出しになると、布団の中からフゥと溜め息が聞こえてきた。笑いをこらえて、拓実は次の展開を待つ。

深夜の静寂のなかで、クンクンと鼻息のような音が聞こえた。

(チ×ポの匂いを嗅いでいる……？)

寝る前に風呂に入ったから、臭くはないはずである。鼻息の音はしばらく続いた。ときおり微風が亀頭をくすぐる。

そしてまた溜め息が聞こえた。今度の溜め息はやけに艶めかしかった。

(匂いを嗅いで興奮しているみたいだ。姉さん、いやらしいなぁ)

と、不意に幹の裏側にヌメヌメした感触が擦りつけられる。舌だ。フェラチオが始まったのだ。

ベッタリと張りつけられた舌の感触が、竿の下から上までを、ソフトクリームを舐めるように何度も何度も這い上がった後、今度は尖らせた舌先の感触が、裏筋をチロチロと丹念にくすぐってくる。

(気持ちいい。声が漏れちゃいそうだ)

唇を固く引き結び、なるべく鼻息も乱れないように頑張っていると、代わりにドロリと先走り汁を漏らしてしまった。すると彼女はそれに気づいたのか、玉のしずくをたたえているであろう鈴口をチュッと吸ってきた。

そして次の瞬間、温かく湿った空間に亀頭が包み込まれる。咥えられたのだ。彼女の舌先が鈴口を執拗《しつよう》にこじり、さらに溢れたカウパー腺液をすぐさま舐め取っていく。

そしてプリプリとした唇の感触が、ゆったりと雁のくびれを擦り始めた。

(うぅ……うん？　なんか、いつもと違うような……)

拓実の陰茎で初めて口淫を覚えた志織は、あれから着実に上達していた。最初の頃と比べると見違えるほどに勢いよく、かつ滑《なめ》らかに首を振り、締めつけた朱唇でペニスの急所をしごき立ててくる。前戯のフェラチオだけで、拓実は何度射精させられたことか。

だが、今夜のオシャブリは、いつもより妙に落ち着いている。

首の振り方も緩やかで、まるで男の精を搾り取ろうという気がないみたいだ。

(だけど、気持ち良くないってわけじゃない)

ねっとりとした舌使いで亀頭や裏筋が撫で回され、じわじわと官能が高められていく。心地良い瞬間がいつまでも続いていくような悦びがあった。

しかし、拓実がなおも寝たふりをしていると、やがて彼女の行為は大胆なものになっていく。

拓実の両脚が持ち上げられ、押し倒された。マングリ返しならぬ、チングリ返しである。唾液にぬめる肉棒が手筒で擦られ、陰嚢《いんのう》には舌を這わされた。緊縮した玉袋の皺に沿って、優しく丹念に、隅々まで舐められた。

（おお、くすぐったい——けど、いい気持ちだ。姉さん、いつの間にこんなプレイを覚えたんだ？）

こんな体勢で奉仕されるのは初めてだった。確かな愉悦を覚えながらも、オムツを替えられている赤ん坊みたいでちょっと恥ずかしい。布団の中の様子を見ることができないのが、逆に救いだった。

ペニス周りの性感と、微かに聞こえてくるヌチュヌチュという淫音に神経を集中させつつも、拓実は腰がひくつきそうになるのを懸命に抑える。

左右の袋を交互に頬張られ、中の玉が甘やかに転がされた。それが終わると、舌はさらに下へ、蟻《あり》の門渡《とわた》りへと移っていく。

陰嚢の付け根と肛門の間を、触れるか触れないかのフェザータッチで舐められると、これまで感じてきたのとはまた違う、なんともいえぬこそばゆさと快美感が込み上げてきた。

さすがに我慢の限界を超えそうで、拓実は唇を噛んで耐え忍ぶ。

舌が止まったときには、思わず溜め息がこぼれそうになった。しかし――

（……えッ？）

彼女の舌の次なるターゲットは、蟻の門渡りのさらに下だった。

つまり、肛門である。

（そんなところ、今まで指で触ってきたこともないのに。なんで急に……!?）

戸惑いはあったが、人生初のアヌス舐めは確かな快美感をもたらしてくれた。くすぐったいのは蟻の門渡りと同様だが、妖しく倒錯的な官能はアヌスならではだった。

肛穴の窄まりを、舌先が円を描くように舐めてくる。そろそろ寝たふりも不自然になってきた。耐えきれずに腰は戦慄き、肉棒はビクッビクッと打ち震え、多量の我慢汁を尿道口から溢れさせているのだから。

尖らせた舌先が、トントンと窄まりの中心を軽くノックしてくる。

かと思えば、少しだけ力を込めて押しつけるような動きが、ときおり交じった。

（ちょっ……まさか、その奥までは……入れてこないよね？）

さすがに肛門の内側まではいじってこないだろうと、拓実は高をくくっていた。

だが、次の瞬間、力強く舌先が押し込まれ、虚を衝かれた肛門はその侵入を許してしまう。アッと思ったときには、ヌルヌルの舌粘膜が穴の中へ潜り込んでいた。

（嘘でしょ……舌が、ああっ、肛門の中に……！）

嫌悪感というより、申し訳ない気持ちが込み上げる。寝る前の入浴で身体は洗ったが、いくらなんでも尻の穴の内側までは洗っていない。

「そ、そこまでしなくていいよ、姉さんッ」

とうとう拓実は声を上げ、布団をめくり返した。股ぐらにうずくまる人影が、薄闇の中に浮かび上がった。拓実がチングリ返しをやめると、人影はベッドに腰を落としたまま上半身を起こす。

「あ……あれ……？」

ぼんやりとしたシルエットを眺めて、奇妙な違和感を覚えた。

目の前にいる相手が、義姉じゃないような気がしてならないのだ。

拓実は嫌な予感に襲われ、ベッドに面する窓のカーテンをひっつかむと、勢いよく開いた。青白い月明かりが室内に差し込み、パジャマ姿の女性を照らし出す。

品の良い居住まいのその人は、拓実の義母——由香里だった。

「……ッ!?」

拓実は自分の目を疑った。夢を見ているのかと思った。

由香里はじっとこちらを見据え、拓実の太腿にそっと手を置く。

「お願いです。なにも言わずに私を抱いてください……」

口調も視線も、真剣そのものだった。

(夢じゃ、ないのか……?)

十六年もの間、拓実のことを我が子として可愛がり、大切に育ててくれた由香里。拓実が中学生、高校生だった頃は、毎朝早起きをして弁当を作ってくれて、大学の合格通知が来たときなどは、涙ながらに喜んでくれた由香里。

たとえ血が繋がっていなくとも、拓実も彼女のことを実の母親同然に思っていた。そんな彼女の口から、抱いてほしい——などという言葉が出るとは、到底信じられない。

しかしこれは否定しようのない現実だった。戸惑いながらも拓実は、

「だ、駄目だよ、駄目。そんなの絶対、駄目っ」と、激しく首を振る。

すると由香里は、悲しげに眉根を寄せた。

「どうして……駄目なんですか?」

普段はおっとりしている彼女の、目尻がやや下がり気味の大きな瞳が、月明かりの中でゆらゆらと輝く。

大粒のしずくが溢れたかと思うと、由香里は、まるで少女のようにぽろぽろと泣き

だした。

母の涙にさらに動揺する拓実だが、

「どうしてって……あ、当たり前じゃない」

親子なんだから駄目に決まっている、そう言おうとした矢先だった。

「私も、志織さんみたいに、拓実さんに愛してほしい。仲間外れは嫌なんです……」

母の言葉に拓実は息を呑み、思考が止まった。

2

拓実と志織の関係に由香里が気づいたのは、つい昨夜のことだったそうだ。

夜中にたまたま目を覚ました由香里は、部屋の外から聞こえてくる微かな音に気づいた。こそこそと内緒話をするような声に、いかにも抜き足差し足という感じで廊下を歩く足音。

なにやら怪しい気配を感じて、由香里はそっと布団から抜け出した。

まさか泥棒かと、ふすまに耳を近づけたところ——拓実と志織の、ふざけ合うような声が聞こえてきた。

『ああん、ダメよ、悪戯しちゃ』

『姉さんが先にチ×ポに触ってきたんじゃないか。お返しだよ』

まるで恋人同士が交わす淫らな睦言《むつごと》に、由香里は唖然とした。

泥棒ではなかったが、別の緊張感が高まった。なにかの聞き違いだと思いたかった。

足音が聞こえなくなってから、由香里は静かにふすまを開けて部屋を出た。暗い廊下を、さっきの彼らのように忍び足で進んだ。

すると浴室の方から、愉しげな二人の声が聞こえてきたという――。


「洗面所のドアを少し開けたら、途端にお風呂場から志織さんのエッチな声が響いてきて……私、頭の中が真っ白になってしまいました。まさか二人がそんなことをしているなんて……」

義母の話を聞きながら、拓実は頭から血の気が引いていくのをはっきりと感じた。

布団から身体を起こして正座をしていたが、今にも倒れてしまいそうなほどのめまいに襲われていた。

(あぁ……聞かれてたのか)

二階から一階の浴室へ行くときは、必ず玄関の前を通ることになる。玄関から浴室とは反対側に少し進むと、由香里が寝起きする和室があった。

つまり玄関前を通る瞬間が、最も由香里の部屋に近づくことになる。

一番注意しなければならない場所であるにもかかわらず、昨夜の拓実と志織は、互いの陰部に悪戯をしてじゃれ合った。スリルを楽しんだのだ。

その代償が、今のこの状況である。

「あ、あの……これはそのっ……ご、ごめんなさい！」

もはや言い訳のしようもない。謝るしかなかった。拓実はシーツに額を擦りつけて土下座をした。つい先ほどまで隆々とそそり立っていた若勃起は、今や完全に萎縮《いしゅく》している。

由香里は静かな口調で言った。

「謝らないでください。私には、拓実さんたちを責める資格なんてありませんから」

「……え……？」

恐る恐る顔を上げると、由香里の寂しげな瞳と視線が重なった。

「二人がセックスしているのを知ったとき、私は怒っていいやら、悲しんでいいやら、もうわけがわからなくなりました。どうするべきか、考えても全然答えが出なくて、頭が回らなくて……だから自分の部屋に逃げ帰っちゃったんです」

自室でしばし呆然としていると、由香里の心は少しずつ落ち着いていったという。

すると次第に——志織のことが羨ましくなったのだそうだ。

ガラス戸越しに響いてくる志織の媚声。それが脳裏にまざまざと蘇ってきて、由香里の道徳心や常識を蝕《むしば》んでいったという。

「拓実さんに愛されている志織さんの、あの幸せそうな声……。私、たまらなくなって、自分の手で、その……慰めてしまいました」

仄かな月明かりの下、由香里の顔が微かに赤らむ。

その肌は三十九歳とは思えぬほど張りがあり、絹のようになめらかだった。

拓実は、彼女の美貌につい見とれてしまう。面映《おもは》ゆそうでありながら、どこか艶めかしい〝女〟の表情。そんな母の顔を見るのは初めてだったのだ。

(母さんが、オナニー……)

思いも寄らぬ告白に、縮み上がっていた肉茎がヒクンと震えた。

「でもその後で、とても寂しくなりました」と、由香里はまつげを伏せる。「だって、お父さんも達也さんもいなくなって、私たち三人だけの家族なのに、その中で私だけが仲間外れに……」

「ち、違うよ、仲間外れなんて……母さんだって僕の大事な家族なんだから」

「じゃあ、どうして抱いてくれないんですか？」

優しげな顔立ちを悲痛に歪め、由香里が詰め寄ってきた。

かつての由香里なら、たとえ拓実と志織の密通に気づいても、こんなことは言ってこなかっただろう。しかし一年前の事故により、夫と、息子の一人を亡くした彼女は、変わってしまったのだ。

今の由香里は、家族への思い入れが人並み外れて強くなっている。それはもう、少しばかり常軌を逸するほどに――。

「だ、だって、親子でそんなこと……」

「天国のお父さんは絶対に赦《ゆる》してくれないでしょうね。ええ、私は、自分がどれだけ罪深いことを望んでいるかわかっています。でも……もう決めたんですっ」

由香里がさっと手を伸ばす。その手が、すがりつくように拓実の陰茎をつかむ。

「あ、あうっ」

彼女の手は――微かに震えていた。

「義理の姉ならいいんですか？　それとも志織さんのことを、家族としてではなく、一人の女性として愛しているということですか？」

「うぅ……そ、そういうわけじゃ……」

拓実は言葉に詰まった。セックスの練習に付き合ってもらっていたとは、とても言えなかった。いや、そんな理由では、そもそも言い訳にもならない。

「だったらなんで……私が、おばさんだからですか？」

由香里の手筒が、力を失ってペニスから離れる。

すると彼女は——唐突に自らのパジャマのボタンを外し始めた。

「か、母さん……!?」

上から徐々に彼女の胸元がはだけていく。垣間見える、ふくよかな肉の谷間。

しかしブラジャーは着けてなさそうだ。寝るときの彼女はノーブラなのか。

唖然とする拓実の前で、由香里はパジャマを脱ぎ、上半身を露わにした。覚悟を決めているのか、由香里は手で胸元を隠そうともせず、豊艶なカーブを描く二つの肉房を余すところなくさらけ出す。

(母さんの、オッパイ……)

その頂《いただき》に座する褐色の大きな蕾《つぼみ》も、はっきりと見えた。

由香里は両の掌を下乳に当てて、ぐっと持ち上げる。

「最近、ちょっと垂れてきちゃったんです。それに、腰やお尻にも余計なお肉が……。やっぱり拓実さんは、こういうだらしない身体は嫌いですか？」

「だ、だらしなくなんかないよっ」拓実は力強く首を振った。

確かに由香里のウエストは、元モデルの円花のような魅惑の急カーブを描いてはいない。上半身のどこを見ても、柔らかそうな肉をまとってふっくらしている。

だが、拓実に言わせれば——いや、きっと世間一般の男性の感覚でも、ちっとも醜くなどない。ムッチリと脂の乗った女体には、それなりにメリハリも存在していて、ウエストも全然くびれていないわけではないし、緩やかな曲線ではあるが足首だって締まっている。

ましてや顎の下や腹部の肉がみっともなくたるんでいたり、皺が寄ったりしているわけではなかった。この家に来たばかりの頃の、二十代だった彼女に比べれば、確かに熟れ肉が増えたものの、今でも由香里は、拓実にとって自慢の美人母なのである。

なにより、その艶めかしい乳房が男心を惹きつけた。

(ああ、母さんのオッパイから目が離せない)

単純な大きさなら、志織のFカップよりもやや小さい。しかし、巨乳と呼んで差し支えないサイズで、おそらくEカップくらいだろうと拓実は見積もる。

充分に豊かな膨らみだが、不思議とエロさは控えめで、男の性本能を掻き乱すほどではなかった。だからじっと見ていても恥ずかしくはならない。素直に甘えたくなってしまう、なんとも母性的なバストなのだ。

「あん、拓実さんったら……。そんなにオッパイを見られたら、さすがに恥ずかしいです」

むしろ義母の方が羞恥心に頬を赤らめ、イヤイヤと身をくねらせる。しんなりとして、やや下向きの膨らみが、プルプルと左右に揺れた。

由香里はもう悲痛な表情ではなかったが、未だ瞳に残った涙が、上半身裸の彼女をより色っぽく見せる。

（だ、駄目だ……）

いけないとは思っても、拓実の情欲は高まっていった。ムラムラする感覚が肉茎に溜まり、みるみる膨らんでいく。

由香里とは反対に、拓実は下半身が丸裸。頭をもたげた剛直を手で隠しても、その仕草が、逆に勃起していることを自白しているようなものだ。すぐさま由香里に気づかれてしまう。

「拓実さん、もしかしてアソコが……？　ああん、こんな私の身体で興奮してくれたんですね。嬉しいっ」

そう言うなり、いつものおっとりとした物腰からは想像もつかない素早さで、由香

里は肉棒に飛びついてきた。拓実の手を払いのけ、

「ああ、こうして見ると、本当に立派です。あの小さかった拓実さんが、こんなに大きくなって……！」

それはまさしく、息子の成長を喜ぶ母親のようだった。先ほど布団の中に忍び込んできたときには、触った感触でしか大きさを確認できなかったのだろう。

由香里は拓実の前にうずくまり、目を細めて慈母の笑みを浮かべ——そそり立つ剛直を躊躇《ちゅうちょ》なく咥え込む。

「わわっ、か、母さんっ!?　お、おううっ」

由香里の舌は先ほどよりも活き活きと蠢き、肉棒をねぶり倒した。

その感覚は、たとえるなら彼女の口の中に巨大な蠕虫《ぜんちゅう》が潜んでいて、粘液をまとったその身を侵入者に擦りつけているようだった。イメージは少々ゾッとするが、ペニスの性感は確実に高められていく。

「んふっ……むぐ、んぢゅぢゅ……うむぅん、んっんっんっ」

加えて、朱唇による摩擦愛撫もまた始まった。

由香里は少しも巨根に臆《おく》していないようで、今度の首の振り方はストロークが大きく、実にアグレッシブだった。窄《すぼ》められた唇が雁高の段差に引っ掛かっては、何度も

はしたなくめくれそうになる。まるでひょっとこの面のようだ。

（あのおとなしい母さんが、こんなに下品に、僕のチ×ポにしゃぶりついてるっ）

兄嫁に口淫されるのとはわけが違う。拓実が三歳の頃から今日まで、食事や洗濯の世話はもちろんのこと、ときには手放しで褒め、ときにはきっちりと叱り、血の繋がった我が子同然、いやそれ以上に可愛がってくれた義母——

そんな彼女が、ぱっくりと陰茎を咥えてくれているのだ。肉体だけでなく視覚的にも、拓実の官能は煽《あお》られていく。

これでは、ほどなく絶頂へ追いやられるだろう。由香里の首振りにもその気迫が籠もっている。射精させるためのフェラチオ。前戯を超えた、まさしくオーラルセックスだった。

高まる射精感に頭の中は占領され、母子姦に対する忌避感はみるみる薄れていく。

「あ、あっ、母さん、凄く気持ちいいよ」

由香里は、ぷはっと巨根を吐き出す。

「うふふっ、拓実さんに悦んでもらえて、私、とっても嬉しいです。さあ、もっと気持ち良くしてあげますね」

「で、でも、これ以上、気持ち良くなったら……」

「ええ、大丈夫です」すべて心得ているという顔で、由香里は頷いた。

「出したくなったら、いつでもどうぞ。私、その……初めてじゃありませんから、遠慮は無用です」

どうやら由香里は、拓実の亡き父にもこのような口奉仕を施してきたようである。

言外に口内射精を勧めてから、由香里は再びペニスにしゃぶりつき、ジュポジュポと淫音を響かせる。

拓実ももはや我慢を忘れ、射精感が募るに任せた。あと少しで、後戻りできない領域に達するだろう。

本当に彼女の口内にザーメンを注ぎ込んでいいのだろうか？　と、最後にもう一度、自分に問いかけた。その答えはすぐに出る。

由香里は生みの親ではない。それでも、間違いなく拓実の母親だ。だから、こそ、いいのだ。

（母さんだから、なんでもしてくれる。母さんだから、僕のすることをすべて受け入れてくれる）

我が子をひたすらに愛し、どんな面倒でも喜んで見てくれる存在。血は繋がっていなくとも、拓実にとって由香里は紛れもなく真の母親なのだから。

ゆえに口内射精も許される。

彼女の惜しみない母性愛を感じつつ、巧みな舌使いにペニスを翻弄される拓実は、高ぶる官能と痺れていく理性で、そのように悟った。

「うおぅ、はっ、ああっ……お、おっ……で、出るよ、母さん、射精するよ……全部、受け止めてっ」

「おうぅん、んむっ、んむっ、んもおっ、ムヂュウウッ！」

由香里は嬉しそうな唸り声で答え、口淫を最高潮に励ます。亀頭を上顎にぶつける勢いで首を振り立てながら、右手では肉棒の根元をしごき、左手では陰嚢と会陰をくすぐるように撫で回す。

拓実は正座の体勢から、仰《の》け反《ぞ》るように後ろに両手をつき、追い詰められた下半身をひくつかせた。

「ああぁっ……も、もう、イク、イクよ……おっ……うううっ!!」

腰が勝手に跳ね上がり、同時に牡の粘液が鈴口から噴き出す。一発、二発、三発と、義母の口内に注ぎ込んでいく。

アクメの瞬間、思わず由香里の喉の奥を突き上げてしまったが、彼女は眉をひそめ、小さく呻いただけで、ペニスを吐き出したりはしなかった。大量のザーメンを一滴《てき》も漏らさずに受け止め、厭《いと》うことなくゴクッゴクッと飲精してくれる。

さらには、癇癪《かんしゃく》を起こしている幼子をなだめるように、慈愛の籠もった舌使いで張り詰めた亀頭をよしよしとあやしてくれた。

「あぁ……ウッ……か、母さん……うぅん……」

拓実は幸せな気分に包まれたまま、最後の一滴まで搾り出されたのだった。

3

義母の口内へ中出しを遂げた拓実は、すっかり勢いづいてしまう。禁忌を犯すことへの敷居は下がり、自らも母子相姦を求め、情火に身を焦がした。

二人は一階に下り、由香里の部屋に移動する。ここなら多少声を出しても、物音を立てても、二階の部屋で爆睡しているであろう志織は気づかないはず。

八畳間の和室には一枚の布団が敷かれていた。かつての夫婦の寝室に一枚だけの敷き布団は、やはり寂しげだった。

「灯《あか》りは、つけた方がいいですか？　もしそうなら、せめて豆電球に……」

「駄目だよ。母さんの身体の隅々まで見ながらセックスしたいんだ」

「ああ……わ、わかりました」

由香里は耳まで赤く染めつつ、パジャマのズボンを脱ぐ。美しいレースに彩られた白のパンティを、たっぷりと肉づいた太腿に滑らせていく。

「綺麗な下着だね。母さんは普段からそういうのを穿《は》いているの？」

「い、いえ、これはその、特別な下着で……」

「ふぅん。それってつまり、僕に見せるために穿いてくれたってこと？」

「それは……は、はい」

ますます熟れ肌を火照らせた由香里が、小さく頷いた。

こうしてLEDの灯りの下、完熟期を迎えた女体が一糸まとわぬ姿となる。

案の定、由香里の腰から尻、太腿へのラインは実に豊満で、指先で押せばジュワッと果汁が染み出しそうなほどだった。

乳房の方は先ほどしっかりと観察したので、拓実は淫らな好奇心に輝く瞳を、由香里の股間へ向ける。パンティの下から現れたビーナスの丘は、黒々とした深い茂みに覆われていた。

（母さんって、アソコの毛、結構濃いんだ。ちょっと意外だな）

穏やかで清楚な女性。それが普段の彼女のイメージだ。なので、女の三角地帯の一角が密林で覆われている有様は予想外だった。

だが、そんなギャップが、また男の劣情をくすぐる。拓実はウズウズしながらパジャマの上を脱ぎ捨て、自身も全裸となって、義母と共に布団に上がった。

由香里を仰向けに寝かせると、熟れた巨乳が重力の影響を受けてゆっくりと左右に開く。その上に覆《おお》い被《かぶ》さり、拓実は問いかけた。「母さん、オッパイは何カップ？当ててみようか。Ｅじゃない？」

「え……なんでわかったんですか？　そうです、Ｅカップです」

「やっぱり。そうだと思ったんだ」

予想が当たったことににんまりする拓実。すると由香里が不安げに尋ねてくる。

「見ただけで、わかったんですか？　それくらい、たくさんのオッパイを見ているんですか？　もしかして、エッチな本とかビデオとか……？」

「へ？　い、いや、違うよ？　なんとなくそう思っただけ」

母親として、息子がエロ本やＡＶに夢中になっているのではと、由香里は少し気になったようだ。拓実が力強く首を振って否定すると、

「そ、そうですか。あ……でも、別にエッチな本とかを見ちゃ駄目って言ってるんじゃないですよ。男の子がそういうのを見たいと思うのは、自然なことですよね」

そう言いながらも、由香里はほっとした顔を見せる。

気を取り直して、拓実は彼女の双乳に挑んだ。外から内へ乳肉を掻き集め、両手で思う存分揉みほぐした。

円花の爆乳とは違うが、やはりEカップともなれば片手には収まりきらない。

そして驚くほどに柔らかかった。揉めば揉むほど心が癒やされていく感触で、まるでホイップクリームに触れているかのようだ。

（……なんだかとっても美味しそう）

目の前のそれが、不思議な食感のスイーツのように思えてくる。

拓実は片方の乳首をぱくりと咥え、唇で挟んでチュウチュウと吸い上げた。

「あうっ……ふぅん」

艶めかしい鼻息を漏らす由香里。

彼女の乳肌からは、ミルクのような甘い香りが立ち上っていた。それを鼻腔に満たしつつ、大粒の突起に吸いついていると、拓実は、本当にスイーツを味わっているような気持ちになる。思わず乳肉にかぶりつきたくなる、そんな衝動に駆られる。

由香里の乳首はみるみる硬くなった。チュパッと音を立てて口から出すと、元から大きめだったそれは、親指の先ほどのサイズにまで膨らんでいた。褐色だった彩りに赤みが増して、なんとなくベリー系のフルーツを思わせる。唾液をまとって、つやつやと輝いていた。

瞳をまどろませた由香里がうっとりと呟く。「あん……ふふっ、初めて拓実さんにオッパイを吸われちゃいました。なんだかとっても嬉しいです。これでようやく、拓実さんの本当の母親になれたみたいな気分……」

拓実の実の母親が亡くなったのは、拓実が生まれてからすぐのことだったそうだ。だから拓実には、その母の記憶はまったくといっていいほどない。拓実にとって母親とは、偽物も本物もなく、由香里一人しかいなかった。

だが由香里の方は――拓実と親子として、一つ屋根の下でどれだけ仲良く過ごそうと、心の奥では、血の繋がりがないことを未だに気にしていたようである。

拓実は、胸が締めつけられるような感覚を覚えた。

（オッパイを吸っても吸わなくても、母さんは間違いなく僕の母さんなのに……）

しかしそれを口に出すのは、十九歳の男子としては、なんだか恥ずかしくて躊躇《ためら》われた。それこそ幼稚園児や小学生の頃なら、なんの照れもなく、自分の思いを伝えられただろうが。

代わりに、彼女が満足するまで、その願いを叶えてあげようと思う。今度はもう片方の乳首に吸いつき、頬が窪むほどに何度も吸い上げる。

「あ、あうぅ、拓実さんったら、そんなに強く吸っても……ぼ、母乳は出ませんからぁ……はあぁん」

「ちゅぽっ……うん。でも気持ちいいでしょう？　ほら、こっちの乳首も硬くなってきたよ」

拓実は乳輪ごと頬張ってレロレロと舐め回し、さらに甘噛みを施した。充血し、コリコリになった大粒の乳首は、まるでグミでも食べているような食感である。

由香里は艶めかしく首をよじり、嬌声を漏らす。

「あっ、やっ、ああん、こんなエッチな吸い方……親子でしちゃダメなのにぃ……あぁ、アヒッ」

息子のペニスをしゃぶって精液まで飲み干したのに、今さらなにをと、拓実は心の中でツッコんだ。舌先を素早く動かして勃起乳首を上下に弾いては、八の字を描くようにネチネチと転がしまくる。

そして反対側の乳首も、指でつまんで押し潰して、こねくり回した。

「はうっ、くぅんっ……ジ、ジンジンして、ああっ、乳首だけでこんなに感じちゃうなんてぇ……うっ、ひっ、んんんっ」

由香里は切なげに身をくねらせ、両腕で拓実の頭を力一杯に抱き締める。

（これだけ気持ち良さそうなら、そろそろ下の方も……）

拓実は乳首を責めていた手を、由香里の股間へと向かわせた。

乱れた呼吸に合わせて上下するなめらかな腹部の起伏。それを経て、さらに下へ。

指先がモジャモジャした感触に触れる。義母の淫らな本性を表しているかのような野性的な茂みをそっと撫でつけ、その感触を愉しんでから、拓実はその奥の秘部に指を差し入れた。

熱い肉の割れ目は、思ったとおり、たっぷりの女蜜をたたえていた。

柔乳から口を離して、そのことを由香里に告げると、桃色の吐息を漏らしながら彼女はせがんでくる。

「は、はい……私はもう、準備が整いましたから、どうぞ入れてください……」

拓実は頷き、由香里の股の間に移動して、布団に膝をついた。早くもM字に開陳されたコンパスの中心、義母の恥溝を眺めてゴクンと唾《つば》を飲み込む。

肉の裂け目に咲く牝花は、やや褐色気味ではあるが、ビラビラの発達具合はおとなしめだった。大陰唇の溝からわずかにはみ出している程度である。彼女より十歳以上も年下の志織の方がよほど使い込んでいる感じだった。

（母さんは、あまり父さんとセックスしなかったのかな？　結局、僕の弟は生まれなかったし）

ただ、無論のこと、少女のように初々しいというわけではない。花弁の内側の媚肉は毒々しいほどの濃い緋色で、ヌラヌラと恥蜜に蕩けている様は少しばかりグロテスクにも見える。まるで臓物のようだ。

しかし、イチモツは萎《な》えず、むしろ早く入れさせてくれと訴えるように忙しくひくつき、鈴口からは先走り汁をダラダラと垂れ流す。彼女のそれは、まさに牡の生殖本能を奮い立たせる淫猥さだった。

「あぁ……じゃあ、いくよ、母さん……！」

いよいよ——十数年もの間、ずっと母親を務めてくれていた女性と交わる。その背徳の興奮は、激しい緊張感は、志織や円花のときにはなかったものだ。

震える手でペニスの根元を握り、膝を進めて、亀頭を膣門にあてがう。

グッと腰に力を込めると、肉の壺口は実に柔軟に拡張して、拓実の太マラを受け入れた。膣路の奥までが大量の女蜜にぬかるんでおり、肉棒は、あれよあれよと呑み込まれてしまう。

志織のときも、円花のときも、こんなに簡単には挿入できなかった。拓実は驚きを覚えながら、さらに深く貫いていった。

「ああっ、あああっ……拓実さんが私のお腹の中に、入ってくるぅ」

その声には心からの歓びが感じられ、巨根に串刺しにされる苦痛の様子はまるでない。

やがて亀頭が膣底に届く。それでも由香里は「もっと、もっと深く」と訴えてくる。

拓実がさらに肉楔《にくくさび》を押し込むと、膣路はたやすく伸張し、フル勃起のペニスのすべてが、ついには彼女の中に収まってしまった。

「うわぁ……全部、入ったよ」

「はい……あぁぁん、拓実さんの……本当に大きいです。でも、私は大丈夫ですから、遠慮なく、好きなように動いてください……さあ」

「う、うん」

義母の言葉に従って、拓実はゆっくりと腰を振り始める。

熟れた膣肉は驚くほど柔軟性に富んでおり、日本刀の如く反り返ったペニスの形にピタリと吸いついてきた。それでいて抽送の動きを少しも妨《さまた》げない。どれだけ拓実が自分勝手にピストンしても、それを悠々と受け入れてくれそうな肉路である。

強烈な摩擦感で男の精を早々に搾り取る感じではないが、じっくりと愉しませてくれそうな、いわゆるスローセックス向きの膣穴だった。

（いきなり根元までズッポリ嵌まるなんて……。こんなに柔らかなオマ×コは、姉さんとも円花さんとも違う）

拓実はゆっくりと舟を漕《こ》ぐように、緩やかなピストンで膣路を擦っていく。雁の段差にまで密着してくる肉壁の摩擦快感を味わいながら、徐々に嵌め腰を加速させた。互いの腰がぶつかり合い、パンッパンッパンッと、軽やかな肉の打音が鳴り響く。

ぷっくりとした分厚い大陰唇が、心地良くペニスの付け根を包み込んできて、拓実は、背徳の交わりの真っ最中でありながら、彼女との強い結びつきを感じずにはいられなかった。これも親子の絆の一つのように思えてならなかった。

肉土手の弾力をクッションにして、母への愛情をぶつけるように、腰使いをどんどん励ましていく。たっぷりの蜜に蕩けた熱い柔肉の感触に浸りつつ、余裕の笑みを浮かべて彼女に話しかけた。

「ふうぅ、母さんの中、とってもいいよ。母さんは、どう？　気持ちいい？」

ズンズンと膣底を突き上げ、恥骨で包皮ごとクリトリスを押し潰す。

由香里は悩ましげに眉間に皺を寄せ、食い縛った歯の隙間から淫靡な唸り声を漏らした。

「ハウッ……ウウウッ……い、いいです、拓実さんの、おぉ、オチ×ポぉん……それに腰の使い方も、とっても上手ぅぅ」

「本当？　ふふっ、良かった。ところで——今、オチ×ポって言ったよね？」

母の口から出た淫らな四文字を、拓実が聞き逃すはずもなかった。

「あん、それは……昔、お父さんにお願いされたんです。セックスのときは……オ、オチ×ポと、言ってくれって……はっ、はあぁん」

それが今、つい口を衝《つ》いて出てしまったそうだ。

亡き父の助平な一面を知って、拓実は苦笑いを浮かべる。ただ、普段はしとやかで、上品なしゃべり方をする由香里が、オチ×ポなどという卑猥な言葉を口にする——それは確かに男心をくすぐった。

そして沸々と対抗心が芽生えてくる。子は親を越えたいと思うものだ。

「ねえ母さん、せっかくならチ×ポって言ってよ」

「え、ええっ……それは、ちょっと……」

「ダメ？」甘えるように首を傾げながら、熟れ穴を掘り続ける拓実。

「あっ、うううっ……わ、わかりました。拓実さんが望むのなら、これからは……チ、チチッ、チ×ポとっ……アアッ」

掌で顔を隠し、羞恥に身悶える義母がたまらなく愛おしかった。

拓実は血をたぎらせると、小刻みな腰使いで念入りにポルチオ肉を抉り、その振動で子宮をも揺さぶる。

由香里はじっとりと汗をまとった肉厚の太腿を震わせ、ブンブンと首を振った。

「ひいぃ、んんんっ……そ、そこぉ……あぁぁ、知っているんですね、そこが女の弱点だって……く、くうぅ、んっ！」

「うん、ポルチオ性感帯っていうんでしょう？　姉さんに教わったんだ」

得意顔で拓実は言った。言ってしまってからハッとした。

なぜなら拓実の言葉を聞いた途端、慈愛に満ちた義母の顔に初めて不穏な色が現れたから——。いかに優しい彼女でも、拓実を叱ることはある。そのときの表情に似ているような気がして、拓実は思わずピストンを止めてしまう。

由香里は言った。「……拓実さん、セックスがこんなに上手なのも、志織さんに教わったからですか？　きっとたくさん練習したんでしょうね」

「あ……いや、それは……」

「いいんです。さっきも言いましたけど、私に拓実さんたちを責める資格なんてありませんから。ただ……」

私も、私だって、拓実さんになにか教えてあげたいです――

そう呟き、由香里はじっと拓実を見据えてくる。

しかし、そんな彼女の表情は、よく見るとそれほど不機嫌そうでもなかった。まるで拗《す》ねている女の子みたいに、ちょっとだけ頰を膨らませていて、むしろ可愛いとすら思えた。

「じゃ、じゃあ……うん……教えてよ、母さん。なにを教えてくれるの？」

すると由香里は、しばし考え込み、それからいったん繫がりを外すように言ってきた。怪訝に思いながらも拓実が言うとおりにすると、由香里はこの部屋の押し入れのふすまを開け、その中の段ボール箱の一つを開ける。そしてなにかを取り出した。

(なんだ……シャンプーのボトルみたいな……？)

拓実の前に戻ってきた由香里は、それを差し出してくる。

4

「これ……ローションです。その、お、お尻の穴でするときのための……」

「……はい？　お、お尻!?」

由香里は紅潮しきった顔で頷き、うつむいたまま、ボソボソと説明した。

最初は、夫婦の営みにおける避妊が目的だったという。由香里は初婚にして、いきなり二児の母になってしまったのだから、子育てに慣れるまで子作りは控えよう――と。

だが、由香里が兄弟の面倒をしっかり見られるようになっても、長男の達也が社会人になって志織と結婚しても、拓実が大学生になっても、父はやっぱり妻のアヌスを愛《め》で続けたのだそうだ。

「つまり父さんは、あの……アナルセックスに嵌まってたの？」

「……はい」

「母さんは、嫌じゃなかった？」

「最初は、やっぱりちょっと辛かったです。でも、少しずつ身体が慣れていって、そうしたら……」

義母はしばし躊躇った後、蚊の鳴くような声で呟く。

普通のセックスと同じように、お尻の穴でもイケるようになりました――と。

拓実は一瞬、どう答えていいのかわからなかった。

ただ、由香里がそんなカミングアウトをしたということは、拓実にもそれをしてほしいということに違いない。息子との肛穴による交わりを、彼女は望んでいるのだ。

（アナルセックスか……。そりゃあ、興味はあったけど……）

まさか自分の母とすることになるとは、夢にも思わなかった。

拓実の前にローションのボトルを置くと、由香里は背中を向けて四つん這いになり、丸々としたボリューム満点の熟ヒップを突き出してくる。

その肉の迫力に圧倒されながらも、拓実はつい両手を伸ばして、なめらかな豊臀《ほうでん》を撫で回した。掌に有り余る尻たぶを精一杯に鷲づかみにして、ムギュッムギュッと揉みしだくと、なんとも柔らかく、それでいて乳房よりは張りのある臀肉《しりにく》が、十本の指を優しく跳ね返してくる。

「おおっ……」

「あぅんっ……もう、拓実さんったら、ふふふっ」

息子の悪戯に微笑みながら、由香里は話を続ける。

彼女が言うには、拓実の部屋に来る前にトイレで大をして、温水洗浄で丁寧に洗ったのだそうだ。洗浄水の噴き出す勢いを強めにすると、直腸内まで湯が入り込んでくるので、一応は中まで綺麗になっているらしい。

「どうしても、その、汚れが気になるなら、ゴムを使ってもいいですけど……」

「う、ううん、平気だよ」

せっかくの初アナルセックスなのだから、生で感じてみたいと思った。

拓実は覚悟を決め、ローションのボトルを手に取る。まずは指で、肛門をしっかりとほぐさなければならないという。

膣壺よりも遙かに多く、夫のイチモツを受け入れたというその穴は、意外なほどに綺麗だった。皺は均等に揃っているし、色も仄かな珈琲《コーヒー》色である。

拓実は逆さにしたソフトタイプのボトルを握り、肛穴にたっぷりのローションを垂らしていった。

そして皺の一本一本を伸ばすように、人差し指で菊座を撫でて、丁寧にローションを塗り込んでいく。「あうゥンッ」と媚声を上げて、由香里が腰を戦慄かせる。

(母さんのお尻の穴、とっても活き活きと動いてる。締まったり緩んだり)

穴の中心に指先を押し当て、恐る恐る力を込めてみた。すると——

肛門が緩んだ瞬間、ツルンとあっけなく、人差し指は第二関節まで吞み込まれる。

「オオッ……！　んおおぉ……そ、そうです……中もたっぷり、ヌルヌルにしてください……そう……おっ、ほおおおぉ」

拓実は何度も指を引き抜き、多量のローションを絡めては、また差し込んで、直腸内をぬめらせながらグイグイと肛肉をほぐしていった。

排泄《はいせつ》器官である義母の後ろの穴に、自分の指がズッポリと刺さっている——その有様は、なんとも異様な興奮をもたらした。ペニスはガチガチに怒張し、先端の口からカウパー腺液が止めどなく溢れ続けている。

（おお、入り口の締めつけが凄い。円花さんのオマ×コよりも強烈かも）

ローションのぬめりがなければ一ミリも動かせなくなりそうな肛圧だった。拓実は惜しみなくローションを継ぎ足し、充分な量を直腸内に塗り込んでいく。

アヌスの肉が柔らかくなってきたら、由香里の指示で、さらに中指も潜り込ませた。束ねた二本指をピストンさせては、手首をひねってネジを巻くドライバーのように回転させる。何度もそれを繰り返せば、次第に二本の指も狭穴に馴染んでいく。

「ヒッ、イイッ、ああっ、も、おおぉ……じゅ、充分、ですううっ」

由香里が牝泣き声で、アナルセックスの準備完了を告げた。

拓実は二本指を引き抜くと、アメリカンドッグにケチャップをかけるかの如く、肉棒にたっぷりとローションを垂らし、手筒で擦りながら全体に塗り広げた。

そして膝立ちになり、リンゴ飴のようになったテカテカの亀頭を、彼女の菊座の中心にあてがう。

「いくよ……！」

腰に力を込めるが、一回目はローションのぬめりで亀頭が穴から滑ってしまう。二回目は由香里と呼吸を合わせ、彼女の合図でペニスを押し込んだ。その瞬間、由香里は吐息と共に力を抜き、パンパンに膨らみきった肉玉がズルンッと括約筋《かつやくきん》の門を潜り抜けた。

しかし、彼女の脱力が終わると、途端にアヌス本来の凄まじい締めつけが襲ってくる。万力の如く雁をくびられ、拓実は思わず悲鳴を上げてしまう。

「あっ、くうぅ！　こ、これがお尻の穴……」

由香里の膣路は、優しく包み込んでくるような感触だったが、すぐ隣り合わせのこちらの穴ときたら、まるで男根を食いちぎらんとする勢いである。

おっとりとした彼女の身体にこんな凶暴な器官が存在していたとは、驚きを禁じ得なかった。だが、ここまで来たらもう引き返せない。

拓実は前へ、前へ、ペニスを突き進ませる。充分すぎるローションのおかげで、ゆっくりとだが巨根は進入していく。

「はあ、はあ……大丈夫、母さん？」

「は、はい……んあぁ、お尻の穴が凄く広がっちゃってますけど、だ、大丈夫です……どうぞ、もっと奥ぅぅぅ、拓実さんのチ×ポを、奥までぇぇ」

背骨が折れてしまいそうなほど、由香里は大きくのけ反った。まさしく女豹の咆哮《ほうこう》か。彼女の口から吐き出される媚声は、さすがに二階の志織の部屋や、隣の円花の家まで届いてしまうのではと思われた。

(さっきよりもっと乱れてる。母さん、本当にアナルセックスが好きなんだ)

直腸に行き止まりはなく、根元までペニスを挿入すると、拓実は熟腰を鷲づかみにして早速ピストンを始めた。ゆっくりと、深いストロークで。

「お、おおっ……これは、す、凄っ」

膣口よりだいぶ硬い、分厚いゴムを思わせる肉門の縁が、ペニスにがっちりと食い込んでくる。甘美にして苛烈な圧迫感が、竿の根元から雁首までを行ったり来たりした。

滴るほどにぬめった菊座で肉棒をしごかれる快感は、予想を遥かに超えた、まさに垂涎《すいぜん》ものの激悦。ほんの三擦り半で先走り汁がドクッドクッと溢れ出る。

直腸粘膜は儚《はかな》げにペニスの側面を撫でる程度だったが、入り口の肉門によるピンポイントの締めつけだけで充分すぎる愉悦をもたらしてくれた。また、自慢の長得物が肛穴に出たり入ったりする様も実に壮観である。

(父さんが、母さんのアナルに夢中だったのもわかるな)

由香里の膣穴の、あの優しい嵌め心地も決して悪くはない。

が、どちらで射精したいかと問われれば、やはり後ろの穴の方を選んでしまうだろう。志織の二段締めや、奥に吸い込まれるような円花のバキュームマ×コにも負けない、極上の名器だった。

(ああっ、たまらない、もうっ)

前の穴での交わりでイキ損ねていた拓実は、みるみる射精感を募らせていく。

「か、母さん、お尻の穴の中に出しちゃって、いいのっ？」

由香里が、汗に濡れ光る背中をくねらせて振り返る。「んあぁ、は、はいっ、お尻の中に、注いでくださいっ！　ど、どうぞ、いつでもぉ、オ、オオッ」

義母の許しを得て、拓実はラストスパートに臨んだ。大量のローションを結合部に垂らしてから、大振りの高速ピストンを繰り出す。

深々と埋まっていた巨根を、雁首の辺りまで一息に引き抜く——と、

「フヒイィ、そ、それぇ、アアアーッ！」

由香里は凄艶《せいえん》な悲鳴を上げて仰け反り、ガクガクと狂おしげに腰を震わせた。

その反応から、ほどなく拓実は気づく。どうやら屹立を押し込むときより、引き抜

くときの方が由香里は感じてしまうようだ。

(なるほど、トイレで大きいのが出る瞬間って、ちょっと気持ちいいもんな。あれに近い感覚なのかも。だったら……)

アナルセックスの妙に気づいた拓実は、まだ果てるのはもったいないと、もう一度、前立腺に気合いを入れる。

今度はペニスをいったんすべて抜き取り、亀頭だけを菊座に潜らせ、すぐにまた引っこ抜く。それを繰り返すと、雁高の肉エラを引き抜くたび、引っ掛かった肛門の縁が裏側からめくれそうになった。

「んおおっ、お、お、オホォオッ……そ、それ、あぁ、ダメッ、ダメなんですっ。うひっ、ふぎぃいいッ」

由香里は半狂乱になって身をよじり、泣き喚《わめ》く。

両腕がブルブルと震え、ついには四つん這いの体勢から上半身が崩れ落ちた。顔と巨乳を布団に擦りつけ、なおも激しく身悶える。

(これが、好きなんだね、母さんっ)

肛門の縁に雁首が引っ掛かるたび、ペニスにもたまらない快感が走った。

いよいよ抑えがたい射精感が込み上げてくる。最後の瞬間はやはり女体の奥で迎えたいと思い、拓実は再びイチモツを肛穴の深みまで潜り込ませた。

そして嵌め腰を轟かせ、パンッパンッパーンッと肉太鼓を叩きまくる。巨大な桃を思わせる熟臀が、その衝撃で激しく波打つ。

「凄おぉいっ！　チ、チ×ポッ……チ×ポの勢いが、子宮うぅまで、届いちゃってますっ……オッ、オオッ、震える！　イクッ、イイッ……ちゃううぅ！」

「イッて、母さん、僕と一緒にっ」

直腸内でローションが掻き混ぜられ、埃一つ見当たらない綺麗な和室に、グッポ、グッポと、卑猥な水音が盛大に鳴り響いた。

拓実は義母の背中に覆い被さり、両腕でしがみつき、熱気を孕《はら》んだ甘ったるいミルク臭に鼻腔を蕩けさせる。二人の身体が一つになってしまいそうな密着感に酔いしれる。嗅覚と触覚が刺激され、幼い頃の記憶が少しだけ蘇《よみがえ》った。

幼稚園で友達からとても怖い怪談話を聞かされた拓実は、その夜、なかなかトイレに行けず、やっとの思いで部屋から出たものの、廊下で漏らしてしまった。濡れた下半身の情けない感触に拓実が泣きだすと、それに気づいた由香里がやってきて、なにも言わずに後始末をしてくれた。シャワーで汚れを洗ってくれて、着替えた後は一緒の布団で寝てくれた。拓実が由香里に心を開いたのは、そのときからだったような気がする。

（あのとき、布団の中で母さんが僕を抱き締めてくれて——）

その感触が、今の由香里の抱き心地と重なった。

懐かしい感情で胸を熱くしながら、拓実は射精感の限界に達する。義母への愛情を込めて、その肛内に精を吐き出す。

「あぐううっ……で、出るよ、出ちゃう、ウウウウッ!!」

煮えたぎるような白濁液が尿道を焦がし、怒濤の勢いで射精は続いた。

「おほおぉ、あ、熱い、お腹の中が、いっぱいにっ……いいぃ、イキますっ！　私も、イクイグッ、ううう一んッ!!」

ザーメン浣腸《かんちょう》が引き金となったのか、肛悦を極めた由香里が全身をブルブルと戦慄かせる。菊座は固く絞られ、射精途中の肉棒が痛みを覚えるほどに締め上げられた。

「うっ!?　ぐ、ぐおぉ、ちぎれちゃううぅ」

「あはぁ、ふううぅ、こんなに気持ちいいアナルセックスは……は、初めてです……はぁあん、あああぁ」

やがて由香里のアクメが細波《さざなみ》の如く落ち着いてくると、肛門の硬直も緩んでいく。

おかげでペニスの尿道が開き、せき止められていた樹液が、最後の脈動と共にドピュッと放出された。

拓実は溜め息をついて、そのまま彼女の背中でぐったりする。

その夜、拓実は由香里と一緒に浴室でシャワーを浴びた。排泄器に挿入したのだからと、由香里が丁寧にペニスを洗ってくれた。泡まみれの手で擦られているうちに勃起してしまい、結局もう一度、普通にセックスをした。

それから由香里の部屋で一緒に寝た。由香里は拓実を、両腕いっぱいに抱き締めてくれる。

あの頃と同じように、義母の豊乳にかじりついて、拓実は眠りに落ちた。

5

翌朝、先に目を覚ましたのは由香里の方だった。

それでも時計を見れば、短針がもうすぐ九時に差しかかろうとしていた。毎日規則正しい生活を心がけている由香里にとっては、日曜日とはいえ、なかなかの寝坊である。

(昨日の夜は寝るのが遅かったから、そのせいもあるんでしょうけど……)

拓実とのセックスで激しく絶頂した女体は、思いのほか体力を使ってしまったのかもしれない。あるいは、性的に満たされたことで、夫を亡くして以来の深い眠りを得たのか。

おかげで寝起きの気分は絶好調。由香里は愛しい息子の寝顔に軽くキスし、台所へと向かう。さっとエプロンを身に着け、鼻歌交じりに朝食の準備を始めた。

しばらくして、パジャマ姿の拓実が、あくびをしながら居間にやってくる。由香里は台所から顔を出した。

「おはようございます、拓実さん。ごめんなさい、朝ご飯はまだなんです。準備が出来たら起こしに行こうと思っていたんですけど」

「……か、母さん、その格好は？」

唖然とした顔で拓実が、由香里のエプロン姿をまじまじと見つめてくる。

拓実が驚くのも無理はない。由香里は――エプロン以外にはなにも身につけていなかったのだから。

昨夜、シャワーで身体を流した由香里と拓実は、裸のまま、一緒の布団で寝た。

先ほど目を覚ました由香里は、その格好で台所に来たのである。

（ふふっ、拓実さん、びっくりしてる）

悪戯が成功した子供のような気分になって、はにかみながら微笑んだ。

「この格好で起こしてあげたら喜んでもらえるかなって思ったんです。男の人って、こういうの好きですよね？」

エプロンの脇からは横乳がはみ出し、二つの突起がツンツンと胸元に浮き出ている。艶めかしく肉づいた背中も、大きな熟れ桃も丸出し状態。由香里はくるりと回って、息子の視線を挑発した。

拓実の目が、ますます大きく見開かれる。「そんなエッチな格好して……僕より先に姉さんが起きてきたら、どうするつもりだったの？」

「大丈夫です。志織さんは、休日はお昼まで起きてこないですから……えっ？」

と、不意に拓実が居間を飛び出していった。

残された由香里は、ぽかんとして立ち尽くす。

（あ、あれ……？　もしかして、呆れられちゃったのかしら？）

さすがにやりすぎだったろうかと、由香里は不安に襲われた。

しかし、拓実はすぐに戻ってくる。鼻息荒く、その手にはスマホを握って。

「そんなスケベな格好の母さん、写真に撮っておかなきゃもったいないよ。いいよね？」

「あ……は、はいっ」

拓実は由香里の周りをグルグルと回り、様々な角度から裸エプロンの痴態を激写した。喜んでもらえてほっとすると同時に、甲高《かんだか》いシャッター音が由香里の羞恥心を大いに掻き立てる。

「もっと脚を開いてっ」カシャッ、カシャッ。「ふふっ……台所にいるからかな。母さんのオマ×コが、なんだかハムサンドみたいに見えるよ。とっても美味しそう」

「ああぁ、そんな、ハ……ハムサンドだなんて……いやぁん、レンズをそんなに近づけないでください」

食べ物で陰部をたとえるとは、なんていやらしいのだろうと思う。由香里は、身体中が燃えるように火照っていくのを感じた。

「お……お腹が空いているんですね？　それじゃあ急いで作っちゃいますから、ちょっとだけ待っていてください」

由香里はいそいそと流し台の前に移動し、洗いかけのレタスに手を伸ばす。

が、拓実は「待てないよ」と言い、台所と居間の間仕切りのカウンターにスマホを置いて、由香里の後ろにしゃがみ込んだ。豊臀の谷間を両手でこじ開け、そこに顔を突っ込んでくる。

「母さん、ほら、もっと股を広げて……うん、それじゃ、いただきます」

拓実は大口を広げ、はむっと大陰唇ごと食いつき、赤身肉のビラビラや、包皮から剝き出しにした豆粒を、レロレロ、ヌチュヌチュと舌で味わいだした。

ときおり前歯を食い込ませて、噛み応えも愉しんでくる。由香里は流し台に両手をついて、膝をカクカクと震わせた。

「うひっ、いやっ、んあぁぁ……そ、そんなにいやらしく舐められたら、私、朝からしたくなっちゃいますぅぅ」

「ふうぅん、んむっ、んんっ……ちゅうっ、じゅるるっ」

もちろんそのつもりだと言わんばかりに、拓実の舌舐めずりは、さらに熱を帯びていく。肉穴から溢れ出す牝汁のソースも、残らず吸い取られてしまった。

(ああ、こんなに情熱的なクンニは初めて。拓実さん、私にも夢中になってくれているのね？　志織さんと同じくらい愛してくれるのね？)

三十九歳、女盛りの真っ最中である由香里としては、夫を亡くしたことで、もちろん肉体的な寂しさはあった。

ただ、由香里が最も求めていたのは家族の絆である。だから拓実が志織と通じているのを知って、仲間外れにされていると不安に襲われたのだ。いつか拓実と志織が自分を捨てて、二人でどこかへ行ってしまうのではないか——そう思うと、たまらなく怖かった。どんなに頑張っても、しょせん自分は義理の母親。実の母親のような、揺るぎない血の繋がりはないのだから。

しかし、由香里自身も拓実に抱かれて、その不安は消えた。

(大丈夫。拓実さんは私を、本当の母親のように愛してくれているわ)

が、だとすれば、拓実とセックスするのはどうなのかと、矛盾する感情がチクッと胸に刺さった。近親相姦は、世間の常識では異常な関係だ。そんなことを愛する息子にさせていいものだろうか——

などと考えているうちに、拓実の肉責めはますます激しくなっていた。

秘裂から口を離した彼は、人差し指と中指を蜜壺に突き立て、第一関節をかぎ爪のように曲げて、恥骨の裏側の膣肉をグチャグチャと掻きむしる。言わずもがな、そこはGの性感帯だ。

「ひいっ、んいいぃ！　た、拓実さん、そこ、おほっ、そんなにされたら、オシッコの穴がっ……あああん、ジンジンしてきちゃいますぅ、ウッ、ウッ」

「出ちゃいそうなんだね？　うん、母さんが潮吹きするところ見せて。もっともっと気持ち良くしてあげるから」

さらに拓実は尖らせた舌先で菊座をこじり、空いている方の手でクリトリスをつまんで揉み潰してくる。

(気持ちいいところが三箇所同時に……！　ああ、本当にもう、頭がおかしくなっちゃいそう)

高まる肉の悦びに、由香里の倫理観は頭の隅に追いやられていった。今は、これでいいのよ。拓実さんが自ら望んで、私を愛してくれているんですもの。いつか、そう、拓実さんにもそのうち、ちゃんとした恋人ができるでしょうから、その日が来るまでは、このままでいいじゃない。

息子に排泄口を舐められているというのに、それをやめさせることができなかった。背徳の愉悦に逆らえず、泡立つ本気汁を太腿まで垂れ流しつつ、由香里は募るアクメの予感に身を任せる。

台所という家族の日常空間にはしたない牝臭を撒《ま》き散らしながら、甘美を極めた痺れが女体の隅々まで広がっていく感覚によがり啼《な》いた。

「ふぅ、ふぎぃぃ、私、イッちゃいます、イクイクッ……あぁぁ、拓実さん、どいてください……ほんとに出ちゃいますぅぅ！」

「いいよ、僕が受け止めてあげる。思いっ切り出してて！」

Ｇスポットとクリトリスへの肉責めは最高潮となり、彼の舌先はとうとう肛門の内側へ潜り込んでくる。直腸の入り口でウネウネと蠢かれれば、アヌス好きの血が沸騰し、由香里を絶頂の淵へと突き落とした。

「アアーッ！　ご、ごめんなさい拓実さんっ……イ、イグぅ、ウウウーンッ!!」

絶頂感と共に、息子の顔へビュビュッと潮をほとばしらせれば、昏《くら》い興奮と倒錯した官能がグルグルと脳裏で渦を巻く。

まともな思考力はほとんど失われていたが、それでもある種の冷静さで、由香里は期待に胸を膨らませた。

（これで終わりじゃないのよね？　ええ、わかってます。今のはほんの前戯。当然、この後は――）

そのとき、カウンターに置かれた拓実のスマホが、突然メロディを奏《かな》でだす。

膣路の中の拓実の指が、ビクッと震えた。由香里は反射的に振り返り、スマホの画面に視線をやる。

そこにはメールの通知と思われるメッセージが表示されていた。

いくら親子でも人のメールを覗き見するのは良くないと、由香里も重々承知している。だが、通知画面に現れたそのメールに、読み取れてしまった文章の断片に、思わず目を凝《こ》らしてしまう。

『オマ×コが疼いて』

『二回もオナニーしちゃった』

『ねえ、早く来て』

そして、メールの送り主の名前も読めてしまった。

甲本円花、お隣の未亡人だ。

拓実は慌ててスマホをつかみ、自分の背中に隠す。そんなことをしたらなおさら人から怪しまれるに決まっているが、今はそんなことも考えられないのだろう。青ざめ、引き攣った笑顔からは、どれだけ動揺しているのかが容易に察せられた。

ましてや由香里は、十六年もの間、拓実のことを見守り続けてきた。拓実が後ろめたいことをしているのだと、今のメールがその証拠だと、母親の勘はそれを見抜く。

真っ直ぐに息子を見据え、由香里は詰め寄った。

「どういうことなのか、説明してください……！」

第五章　最後の肉宴

1

義母の迫力に気後《きおく》れした拓実は、やむなく円花との関係を白状した。

すべてを聞いた由香里は険しい表情となり、もはや近親相姦の蜜戯を続ける空気ではなくなってしまう。

(母さん……怒ってるよな、やっぱり)

由香里は裸エプロンから普段着に着替えると、無言で朝食の準備をした。

「……拓実さん、志織さんを起こしてきてくれますか？」

「は、はい」

拓実は二階へ行き、未だぐっすりと寝入っていた志織を強引に起こす。まだ寝足りない様子の志織だったが、拓実は懸命にお願いして起きてもらった。寝ぼけ眼《まなこ》に怪訝そうな表情の志織は、パジャマを着替え、顔を洗って、多少はシャキッとした顔で居間にやってきた。

気まずい思いのまま、朝食が始まる。志織が目顔で、ねえ、なにかあったの？　と、説明を求めてくるが、拓実の口からはなにも言えない。

やがて由香里が言った。拓実さんがお隣の円花さんとセックスをしています、と。

志織はギョッとして、危うくコーヒーをこぼしそうになった。凍りつく空気の中、由香里はさらに続けた。私も拓実さんとセックスをしました。志織さん、あなたもですよね？

父が亡くなって以来、この家のボスは、やはり由香里なのである。やや目尻の垂れ下がった瞳が、今は驚くほどに鋭い眼光を放っていて、志織はオロオロしながら結局はすべてを認めた。

「拓実さん」と、由香里が言う。「円花さんからもお話が聞きたいです。そのことを円花さんに伝えてくれませんか？」

朝食が済むや、拓実はすぐに円花に電話をした。開口一番、「セフレのことが母さんにバレました」「母さんが、円花さんと話をしたいと言っています」と告げる。

すると、五分後には、強張った表情の円花が宮下家にやってきた。

四人で居間のテーブルに腰掛ける。円花は拓実の隣に、由香里と志織は向かい側に座った。由香里が単刀直入に、円花に尋ねた。

「拓実さんと、その……身体だけの関係を結んでいたというのは本当ですか？」

「はい」と、円花は頷く。「拓実くんから告白されて、私が、セックスフレンドとしてなら付き合ってあげると言ったんです」

「ぼ、僕が、それでいいって言ったんだよ」

由香里が、拓実に視線を向けてくる。「拓実さんは、円花さんと普通の恋人同士になりたかったんですよね？　どうして、そんな関係でも構わないと？」

「それは……セックスで円花さんを満足させられれば、子供の僕でも恋愛対象として見てくれるようになるかなって思ったんだ。あと、僕が本当に円花さんを好きな気持ちが、セックスで伝わるんじゃないかって……」

それを聞いた円花は、驚いたように目を見開いた。

これまで神妙にしながらも、どこか凛《りん》とした態度を崩していなかった彼女だが、ここに来て、初めて申し訳なさそうにうつむいた。

「私は……拓実くんとはまったく逆に考えていたわ。拓実くんは性欲と愛情を勘違いしてるんだろうから、セックスで性欲が満たされれば、これが愛情ではないって気づくだろうって」

そんな——と、拓実は思わず口走る。

円花とは何度も身体を重ね、互いの体液を交換し、性の悦びを共にした。

それでも、自分の想いは少しも伝わっていなかったのだ。拓実は全身の力が抜けていくのを感じた。

「ごめんなさいね……。私、拓実くんのこと、とても可愛く思っているわ。でもそれは弟みたいな感じで、やっぱり恋人とは思えないのよ」

そう言って円花は、椅子から立ち上がり、

「そんなつもりはなかったとはいえ、結果的には、拓実くんの心を深く傷つけてしまいました。本当に申し訳ありません……」

由香里に向かって、深々と頭を下げる。

と、今度は由香里が椅子から立ち、円花の前に行った。円花の手を取って、優しく語りかける。

「顔を上げてください。悪気がなかったのでしたら、もう充分です」

さっきまでの険しい表情はいつの間にか消え、普段のおっとりとした由香里に戻っていた。

いや、むしろ晴れやかな笑みすら浮かべている。それはまるで、円花がただのセックスフレンドで良かったと喜んでいるかのように――。

「い、いえ、でも、セックスフレンドなんて淫らな関係に、息子さんを引きずり込んでしまったのですから……」

「その点に関して、私に、あなたを責める資格は全然ないんです。だって私も、拓実さんとセックスをしてしまったんですから。私だけじゃなく、志織さんも」

「えっ……!?」

円花はぽかんと口を開けたまま、顔を上げる。そして由香里と志織を交互に見た。

由香里は悪びれもせずにウフフと微笑み、志織はばつが悪そうに人差し指同士をモジモジと絡ませ合う。

「は……はい、私が最初に拓実くんに手を出しちゃいました。あのときは、めちゃくちゃ酔っ払ってて……ゴ、ゴメンナサイ」

スクエア型の眼鏡がよく似合う、大人っぽい理系美人の志織が、言葉の語尾もどんどん小さくなり、まるで叱られた子供のように肩をすくめた。

その様子に、由香里がプッと吹き出す。

おかげで場の空気は一気に和《なご》んだ。すると円花が、おずおずと由香里に尋ねた。

「あの……由香里さんは、どうして拓実くんと……？」

「私の家族はもう、拓実さんと志織さんだけですからね。もしも二人から仲間外れにされたら、もう生きていけないって思っちゃったんです」

それで由香里も、志織と同じように拓実に抱かれることを望んだわけだが、

「でも、今わかりました。やっぱり間違っていたんです。いくら血が繋がっていなくても、親子なんですもの。セックスなんてしちゃ駄目ですよね」

由香里は拓実に抱かれて、とても幸せだったという。

しかし彼女は、拓実には普通の恋愛をして、まっとうな幸せを手に入れてほしいと願っているそうだ。

「だから私は、もう拓実さんとはセックスをしません。拓実さんの愛情は充分に理解しました。拓実さんは私を捨てたりしないって、わかりましたから」

由香里は目顔で、志織の意見を求める。

微笑みながらも由香里の視線には強い力が籠もっていて、志織は蛇に睨まれた蛙のように固まってしまう。やがて、おどおどと右手を挙げて宣誓した。

「わ、私ももう、拓実くんとはしません……」

円花もそれに続いた。「私も、セックスフレンドの関係は解消します。ほんとにごめんなさいね、拓実くん。あなたの気持ちを踏みにじっちゃって」

「はぁ……」と、拓実は生返事を返す。

別に怒ったり、ふてくされているわけではない。ただ、なんとも複雑な気分だった。円花に完全に振られただけでもショックなのに、もうセックス三昧《ざんまい》の日々は終わりだというのだ。

「あのさ、みんなの言うことはわかるよ。倫理的に良くないことをしていたのは間違いないけど……でも、急にもうセックスしないって言われると、正直寂しいな」

志織、円花、由香里――彼女たちとの交わりがどれだけ気持ち良かったのか、拓実は失恋によるヤケクソ気分のまま、切々と語った。それらを心から惜しんでいると、素直に堂々と吐露した。

(今さらかっこつけたってしょうがないしな)

どう思われても構わない。呆れたいなら、呆れてくれ。そんな気持ちだった。

だが志織と由香里は、拓実の助平ぶりに呆れたり、怒って説教をしてきたりはしなかった。困惑半分、嬉しさ半分という表情で、どうしましょう？　と、互いに顔を見合わせる。

するると円花が提案した。「じゃあ、最後のセックスをみんなでしませんか？　それで、エッチな関係は今日でもうおしまいってことに——どう、拓実くん、それで赦してくれる？」

拓実はすぐさま目を輝かせる。「みんなでってことは、それってつまり4Pですか？　はい、はい、是非っ。いいよね、母さん、姉さん？」

「えっ、全員一緒に、セックスするんですか……？　は、はい、拓実さんが望むのでしたら……ねえ、志織さん……？」

「え、ええ、お母様……」

引き攣った顔を見合わせる、由香里と志織。

身内でありながら淫らな関係に拓実を誘ったのは、そもそも自分たちの方。やはり、そんな罪悪感があったのだろう。

二人とも戸惑いの表情を見せながら、それでも一対三の乱交プレイを承諾した。

2

全員で、居間から由香里の部屋へと移動する。

先ほどは躊躇の気配を残していた由香里と志織も、和室のふすまが閉じると、徐々に目の色を変えていった。

なんだかんだいっても、彼女たちも拓実とのセックスに未練があったのだろう。瞳に情火を宿し、艶めかしく頬を赤らめる。

一番やる気を見せているのはやはり言いだしっぺの円花で、由香里はそんな円花に負けていられないという感じだった。志織はまだ微かな恥じらいをうかがわせていて、発情した牝の衝動とせめぎ合っているという様子。

淫気を帯びた女体が三人分も集まれば、たちまち八畳間は牝フェロモンに満たされていった。

(甘ったるくて、ちょっと刺激的で……癖になるいい匂い)

拓実は小鼻を膨らませて深呼吸し、後頭部に微かな痺れを感じながら、桃色の香気に酔いしれた。ズボンの中も早速ムズムズしだす。

「それじゃあ、みんなでお布団を敷きましょう」と、由香里が号令をかけた。

義母の布団に加え、かつて拓実の父が使っていたものも引っ張り出し、四人で畳の上に並べる。４Ｐを行うのに充分なスペースが確保できた。

シーツを張り、その皺も綺麗に伸ばした後、円花が言った。「それじゃあ、最初はやっぱりおフェラよね。さ、拓実くん、服を脱いで横になって」

「はいっ」

拓実はすぐさま全裸になり、二枚の敷き布団の中央に仰向けで寝っ転がった。ここにいる全員とはセックス済みなので、特に恥ずかしいとも思わない。

ペニスはすでに半勃《はんだ》ち状態。それを見るや、女たちもいそいそと服を脱ぎ始めた。

ヌードモデル経験者である円花は、由香里や志織の視線もほとんど気にならない様子で、真っ先に一糸まとわぬ女体を晒《さら》す。

磨き抜かれたセクシーボディとIカップの爆乳に、同性の由香里と志織も一瞬目を奪われた。それから由香里たちも生まれたままの姿となり、少々気まずそうに身を縮こめる。

「円花さんの身体が凄すぎて、なんだか私、恥ずかしい……」

「志織さんは大丈夫ですよ。こんなに綺麗に痩せていて、それなのに胸はとっても大きいじゃないですか。私なんて、お腹もウエストもプニプニなのに、この中では一番胸が小さいです……」

「母さんの裸も、姉さんの裸も、僕、大好きだよ。ほら見て、このチ×ポ」

拓実のイチモツは、三人の女たちのオールヌードを前にして、瞬く間に完全勃起の肉の鈍器と化していた。

「こんなにエロい裸が三人分もあるから、いつも以上に勃起して、ちょっと痛いくらいだよ。ねえ、早くなんとかして」

すらりとしたスリムな体つきにFカップの美巨乳を誇る志織の身体。

母性と官能を両立させる柔肉に身を包んだ、由香里の爛熟ボディ。

円花の爆乳モデル体型はもちろん素晴らしいが、二人の裸体もそれに劣らぬ魅力があった。拓実のペニスのいつにない怒張ぶりが、言葉で表すまでもなく、そのことを雄弁に物語っている。

「まあ……」「うわぁ」「うふぅん」女たちは、剛直を超えた剛直に瞳を釘付けにし、獲物を取り囲む牝ライオンの如く、四つん這いになって三方からペニスに近づいてきた。

三つの朱唇が肉棒に迫り、熱い吐息がねっとりと亀頭に絡みつく。

女たちはアイコンタクトを交わし、いよいよ三人がかりの口奉仕が始まった。志織と円花が左右から、由香里は拓実の股の間に陣取って、いっせいに舌を使いだした。

志織と円花の二枚の舌が、競うように亀頭や雁首を側面から舐め回す。

由香里はまず陰嚢を丹念に舐め、中の睾丸をコロコロと転がした。それから茎胴の裏側を舐め上がり、舌先で裏筋をこねくり回す。

　今や三人の女たちは、一本の若勃起をシェアする共同体。その仲間意識からか、同性同士で舌が触れ合っても、ちっとも嫌そうではなかった。

　むしろ女同士ならではの耽美な官能に浸っているようである。皆、うっとりと目を細め、淫魔に取り憑かれたみたいに舌を躍らせる。仲良く順番にチュパチュパとしゃぶっていく。

「あ、あぅ、チ×ポが溶けちゃいそう……ふううっ」

　まさにいつもの三倍気持ちいい口唇愛撫だった。拓実は高まる肉悦に腰を震わせながら、彼女たちの淫らな舌技、口技を、じっと観察した。

（一番上手なのは、やっぱり円花さんかな。でも、母さんも負けてない）

　志織はフェラチオを覚えてからまだ日が浅く、他の二人とは経験の差が出たようである。とはいえ、その舌使いは充分に快美感をもたらしてくれる。

　スクエア型の眼鏡のレンズをペニスに擦りつけてしまうほど顔を寄せ、熱心に竿を舐め上げてくれて、それもまた嬉しかった。

　なにより、三人の女たちにいっぺんに奉仕されているのが、視覚的にも精神的にもたまらない愉悦をもたらした。まるで王様にでもなったようだ。たびたび彼女たちから送られてくる淫靡な流し目も、拓実の男心を熱くする。

（みんなが僕のチ×ポをあんなに美味しそうに……）

由香里が亀頭をぱくりと咥え、小刻みに首を振れば、志織と円花は、肉竿の根元を横から咥えてきた。ハーモニカを吹くときのように、朱唇をスライドさせて幹をしごく。そのうえ円花は掌で陰嚢を包み、優しくモミモミしてくれた。

一方、志織は、これ以上、どこを愛撫すればいいのかわからなかったようで、空いている手を自らの股間に潜り込ませ、こっそりと手首をスナップさせた。控えめに肉づいた女腰を、はしたなくくねらせ、戦慄かせる。

「ああ、みんなのおかげでチ×ポが……そろそろ出ちゃいそうだよ」

それを聞くと、三人はこれまで以上に舌奉仕を加熱させた。濡れた舌を別の生き物のように蠢かせ、ヌチョヌチョとペニスの急所に絡みつけてくる。レロレロと這い回らせてくる。

示し合わせたみたいに一緒に顔を上下させ、亀頭から雁首までの間を、三人の舌愛撫が何度も往復した。まるでガソリンスタンドの自動洗車機のようだった。

そして円花の手筒が、反り返る屹立を握り起こしつつ、その根元を勢いよくしごく。

拓実の射精感は限界に達し、堰《せき》を切った精液が一気に溢れ出す。

「で……出るっ……ウグウゥウッ!!」

天井に届かんばかりの勢いで、本日の一番搾りが噴き出した。女たちは、花火でも見上げるみたいに歓声を上げる。

宙を舞った白濁液は、敷き布団だけでなく、拓実の腹や胸元にもボタボタと降り注いだ。志織と円花がそれをすかさず舐め取り、由香里は、肉棒の脈が鎮まるのを待ちきれずに、お掃除フェラを始める。

「んふぅ、んむっ、ちゅううっ……れろ、れろ、じゅるるっ」

「くおおっ……か、母さん、そんなところまで……」

鈴口に吸いつかれ、尿道内に残った汁もことごとく吸い取られた。

ベテラン主婦の家事の如く、抜かりなく舐め清められたペニスは、たった今の大量射精が嘘のように、少しも萎えることなく仁王立ちを続ける。

「ふふふっ、拓実くんのオチ×チンは今日も元気ね」と、円花が微笑んだ。「それじゃあ、今度は私たちも気持ち良くしてもらうわよ。そうね、三人いっぺんに抱いてくれる?」

拓実は力強く頷いた。「はいっ」

ただ、いくら三人いっぺんに——といえど、ペニスは一本、穴は三つ。どうしても一人ずつ順番に嵌めていくことになるだろう。

皆で話し合い、一分ごとに嵌める穴を交代していくこととなった。ジャンケンでローテーションの順番も決める。そして、それらをスムーズに行うための配置も考える。

まずは拓実が布団の中心に膝をついた。その周りに、女たちが等間隔に仰臥する。

つまり、時計の四時、八時、十二時の位置に、由香里、志織、円花の順で横になったのだ。女たちは揃って膝を立て、M字開脚で女陰を露わにした。

どの割れ目も、充分な淫蜜をたたえて濡れ光っている。若牡のペニスをしゃぶり、青臭い種汁を舐めすすっただけで、全員、この有様なのである。

「いきますよっ」

拓実は正常位で、由香里の熟膣から貫いていった。

ピストンを施しながら壁掛け時計で時間を確認し、一分経ったら次は志織、続いて円花の肉壺に嵌めていく。こういうプレイを〝鶯《うぐいす》の谷渡り〟というらしい。

一分ごとに身体の向きを六十度回転させ、次の女の膣穴に挿入する。ぐるぐるとローテーションしていく。

(三人とも嵌め心地が全然違うから、挿入するたびにチ×ポがびっくりする)

柔軟性に富んだ由香里の膣路でじわじわと高まっていき、志織の二段締めで雁首と根元をくびられては、円花の蜜壷を埋め尽くす、角の立った膣襞で、亀頭も裏筋もヤスリの如く擦られた。

「くうっ……む、むむっ……それぞれのオマ×コのいいところが、いつもより際立《きわだ》って感じられるよ。あぁぁ、き、気持ちいいっ」

そしてまた由香里の穏やかな膣穴に戻り、ほっと一息つきながら、高まった性感を少し鎮める。三者三様の嵌め心地を比較し、愉しみ、これが4Pの醍醐味《だいごみ》かと感慨に耽りつつ、女体の輪を何周もした。

「拓実さんっ、あぁぁ、拓実さんのチ、チ×ポが、子宮の入り口にいぃ……出たり入ったりして、まるで拓実さんを何度も産んであげてるみたいです……あ、あうぅん、まだ行かないでくださイィ」

「ふ、ふふっ、三人の女のアソコをまとめて味わうなんて、拓実くんったら凄く贅沢ぅ……。ね、ねえ、誰のアソコが一番いい？　怒らないから正直に……えっ、も、もう一分っ？」

「んふぅ、拓実くん、やっと来てくれたわね。あっ、んっ、はあんっ、Gスポットにオチ×チンがグリグリって、気持ちいいぃ……。けど、奥も、ね？　奥にも欲しいの、思いっ切り突いて……ああっ、ま、待ってえぇぇ」

このローテーションセックスは、女体を実にもどかしくさせるようだ。一分間のピストンの後、次の自分の番まで二分待たされることになる。女体の性感もその都度冷めてしまい、これではなかなか絶頂を得ることはできないだろう。

「みんな、待ってる間、自分でオマ×コをいじっちゃ駄目だよ」

女たちは苦悶の吐息をこぼし、せめて許された乳首をこね回した。

自分の順番が回ってくると、自ら大陰唇をこじ開けて、早く早くと挿入をせがむ。

周回の回数が増えるほど、肉棒を抜かれたときの彼女らの悲愴感は半端なかった。

一方、拓実は絶え間なく挿入、抽送を繰り返しているので、ペニスの性感は一直線の右肩上がり。どんどん射精感が募っていく。待機中の女たちの悩ましげな媚声にも情感をくすぐられる。

「ぐうっ……イ、イキそう」

そう呟くや否や、女たちは揃って膣内射精を欲した。

皆、自分の番のときに拓実をイカせようと、腰に緊張を走らせ、内腿にうっすらと筋を浮かべ、力一杯に膣門を締め上げてくる。

もしも円花の膣路に、奥へ奥へとイチモツを引きずり込むような、あの甘美なうねりが現れていたら、拓実は限界まで追い詰められていたかもしれない。

だが、円花の膣壁がうねりだすのは、円花自身の性感が充分に高まってから。今はまだ、そのときではなかった。

結果として拓実は、志織の中で果てる。さらに膣圧を増した二段締めは、もはや暴力的といってもいいほどに男根の弱みをしごき倒し、苛烈な絶頂感を引きずり出す。

「ううぉ、おおおっ……も、もう無理、出ちゃうよ、オ、ウウーッ!!」

膣底に鈴口をめり込ませると、鉄砲水の如き勢いの樹液を放出した。

「あっ、あはっ、オチ×チンがビクビクして、いっぱい出てるぅ! 奥に、あぁん、いい、イイイッ……んんっ……!!」

その勢いをポルチオに受けて、志織も軽微なアクメを得たようだった。半ば白目《なか》を剝いた破廉恥なアヘ顔を晒し、女体を小刻みに震わせた。

「……もう、拓実くんったら、私に出してほしかったのにぃ」

「志織さん、気持ち良さそう。羨ましいです……」

四つん這いでのろのろとやってきた円花と由香里が、拓実の横で切なげな溜め息をこぼす。

拓実が肉棒を引き抜くと、途端に男女の恥臭がむわっと立ち上った。

牝の本気汁とザーメンにまみれた白塗りペニスを、「今度は私が」と、すかさず円花が舐め清めていく。

「拓実さん……次は、どうしますか？」

なにやら言いたげな顔をしながら、由香里が擦り寄ってきた。

さりげなく熟れ乳を押し当ててきたところから察するに、さらなるプレイを求めているのは間違いない。今日はもう二回射精したが、拓実としても、せっかくの４Ｐをこの程度で終わりにするつもりはなかった。

（そうだな、次は……）

と、不意に拓実の腹がグウゥと鳴った。

先ほど朝食を食べたばかりだが、あのときは気まずい気分のせいで、トーストの一枚もろくに喉を通らなかったのだ。現在時刻は十二時十分——

拓実は照れ笑いを浮かべ、掌で空きっ腹を押さえながら言った。

「とりあえず、お昼ご飯にしようよ」

3

一同は順番に浴室に入り、手早くシャワーで汗と淫液を流した。

どうせなら外に食べに行きましょう――という話になり、皆で地元の駅前に向かった。宮下家は毎週日曜日に、家族総出で買い出しに出る習慣があったので、それも目的の一つだった。

スーパーやドラッグストアで買い物を済ませると、円花の提案で、商店街の片隅にある鰻《うなぎ》の店に入った。家に帰ってからの淫宴の続きのために、鰻で精をつけようというのだ。

「このお店、前に一度だけ入ったことがありましたね」と、志織が言う。

そうですねと、由香里が頷いた。「あれは拓実さんの大学合格が決まったときでしたっけ。今思えば、家族全員で外食をしたのは、あのときが最後でしたね……」

家族全員とは、拓実の死んだ父や兄も含《ふく》めた全員という意味である。

「あ……すみません。別のお店の方が良かったですか?」

少し湿っぽい空気になってしまって、円花が申し訳なさそうに謝った。しかし、義母はにこりと微笑み、構いませんよと首を振った。

少し前までの義母なら、亡き家族との思い出がある、この店に入ることも難しかっただろう。夫を、息子を喪った悲しみは、それほど深かったのだ。

(母さん、なんだか少し吹っ切れた感じがする)

志織もこのところ、泥酔して帰宅することはなくなった。拓実と一刻も早くセックスしたくて、会社から寄り道せずに帰ってきていただけかもしれないが——最近の志織はずいぶん明るくなったような気がする。去年までの、未亡人になる前の彼女に戻ったようだ。

（僕とセックスしたから……？）

近親相姦は良くないこと。それは正論だ。拓実もわかっている。

しかし、セックスによって義母と義姉の悲しみが癒やされたのなら、不安が少しでも解消されたのなら、間違いを犯したとは言い切れないのでは——と思った。

由香里が奮発してくれて、拓実たちは、特上のうな重をご馳走になる。

本職の料理人が作った鰻の蒲焼きに舌鼓を打ちながら、女たちは、拓実の話に花を咲かせた。拓実がいかに昔から可愛かったかという親バカ自慢を、由香里が延々話し続けるのだが、志織も円花も、実に興味深そうに聞き入っていた。そのうちビールを注文して、皆で飲みだす始末。

拓実としてはなんともくすぐったい話題だったが、彼女たちがとても幸せそうに談笑しているのは、見ていて悪くない気分だった。

その後、午後二時半頃に帰宅——。

鰻の肝吸いまでしっかり頂いたので、全員、精力の高ぶりに瞳を輝かせていた。そして女たちは、アルコールによってほどよく身体を火照らせ、さらには淫気にも酔っている様子である。

「さあ、今度は私たちもしっかりとイカせてちょうだい」と、円花が妖しく微笑む。

だが、また拓実が三人をいっぺんに相手すると、さっきの二の舞だろう。拓実だけが性感を高ぶらせてしまい、女たちを真の絶頂へと導くことは難しい。

よって拓実は、順に一人ずつ満足させることにした。

先ほどの鶯の谷渡り3Pで、軽微とはいえオルガスムスを得た志織は、一番最後となる。由香里と円花がジャンケンをし、由香里が一番手の権利を手にした。

「うふっ、よろしくお願いしますね、拓実さん」

一同は、再び由香里の部屋に入る。

二枚の布団は敷きっぱなしで、先のプレイの淫臭が未だ室内に漂っていた。

4

全員、服を脱ぎ、またも全裸になる。志織と円花は敷き布団の隅《すみ》に腰を下ろし、おとなしく自分の番を待ちながら見物するつもりのようだ。

（これが拓実さんとする最後のセックスね。それなら、やっぱり私……）

由香里は押し入れの段ボール箱から必要なものを取り出し、そのうちの一つの、例のボトルを拓実に差し出す。

「これで……昨夜と同じようにお願いします」

拓実はすぐに理解して、ボトルを受け取ってくれた。

ボトルの中身を知らない志織と円花はきょとんとしている。由香里が敷き布団の上で四つん這いになり、あられもなく豊臀を突き出すと、拓実は早速ボトルを傾け、由香里の菊座にローションを垂らしていった。

そして彼の指が、透明な粘液にまみれた肉穴をほぐし始める。

（昨日の夜のあれで、もうすっかりコツをつかんだみたい。凄く手際がいいわ。痛くもない。ああっ、さすが拓実さんっ）

我が子の巧みなアヌスいじりにうっとりする由香里。

一方、志織と円花は、驚きのあまり言葉もないようだ。まさか由香里がそんな倒錯趣味の持ち主だとは夢にも思っていなかったのだろう。彼女たちの戸惑いと好奇心の入り交じった視線に、由香里は全身をカーッと火照らせるが、しかし今は、それすら愉悦だった。

あっという間に肛門は、二本の指をやすやす呑み込むほどの柔軟性を得る。さらに追加のローションが注がれ、穴の内側もたっぷりと潤された。

「ううう っ、拓実さんの指が出たり入ったり……お尻の穴が、ぞ、ぞわぞわしますぅ。ああっ、はあっ、もう我慢できない。これで……早くっ」

由香里は、ローションと一緒に持ってきたコンドームを拓実に渡した。

実をいうと、先ほど出かける前にトイレの温水洗浄を使って、一応は肛穴の中まで洗っていた。とはいえ、

「やっぱり、お尻の穴に直接入った、チ、チ×ポでは、次の番の人が気になっちゃうでしょうから……」

「うん、わかったよ」

拓実は素直に承知してくれる。ただ、今までにコンドームを使ったことはなく、嵌め方に自信がないそうだ。ならばと、由香里が装着させてあげることにする。

拓実がボクサーパンツをずり下ろすと、すでにフル勃起状態の剛直が、勢いよく飛び出した。由香里は、甲斐甲斐しく息子の面倒を見る母親の気分で、鎌首をもたげた肉棒に丁寧に薄ゴムの皮膜を被せていく。

それが終わると再び四つん這いになって、「さあ、どうぞ」と促した。

拓実のペニスの先が菊座の中心にあてがわれ、次の瞬間、ズブリと貫かれる。

「ヒッ、ぐうううっ！」

直腸の深みまで一気に差し込まれ、由香里はビクビクッと背中をのけ反らせた。

(拓実さんのチ×ポ、あの人譲りのサイズだわ。こんなに大きいのに、私のお尻に凄く馴染む……)

亡き夫、拓実の父親も、これに負けず劣らずの巨根だった。おかげで亡夫が使っていたコンドームが、ちょうど拓実にもジャストフィットしたのである。

(でも硬さは、拓実さんの方が断然素敵っ)

まるで鉄の棒を押し込まれたみたいな、あらがいがたい拡張感に、妖しい快美感がゾクゾクと込み上げてくる。

「んあぁ……は、始めてください、拓実さん。私のお尻の穴を、思いっ切り愛してくださいっ」

「うん、いくよっ」

逞しい怒張がピストンを開始した。肛門の縁を擦られる甘美な愉悦が、電流の如く背筋を駆け抜ける。由香里は思わず、ご近所にも聞こえてしまいそうな大きな嬌声を上げてしまう。

「ふひっ、ヒイッ、いぃぃいっ！　ああっ、幸せです……あの人が亡くなってから、またお尻をこんなに愛してもらえるなんて……お、おお、思ってませんでしたっ」

「そう……でも、こういうことをするのは、今日が最後なんでしょう？」

「ええ、ええ、だから私、今日のことは一生忘れません……んぐっ、ううぅ、だから拓実さん、もっと、もっと強くうぅ」

「……わかったよ。じゃあ精一杯、気持ち良くしてあげるね。ほら、母さんはこれが好きなんでしょう？」

拓実は新たな潤滑液を結合部に垂れ流してから、亀頭だけを抜き差しする。雁の段差が肛門の裏側に引っ掛かり、そのたびに火花のような激悦が弾ける。

「おっふう！　ふうぅ、んおおっ、そ、そう、そおぉ……と、とっても気持ちいいですっ……おひりっ、お、お尻の穴が、めくれちゃウゥン」

ジュッポン、ジュッポンと、ローションまみれの肛穴が卑猥な音色を奏でた。

由香里はチラリと、見物人の二人を一瞥《いちべつ》する。

志織も円花も、母子によるアナル相姦を見せつけられて耳まで真っ赤にしている。

「あぁ、お母様がお尻で……なんて、し、信じられない」

「拓実くんの、ぶっといオチ×チンが、あんなにズボズボと……」

しかし、彼女らの視線は、結合部に釘付けとなっていた。

(二人とも、アナルセックスをしたことはないようね。拓実さんに、お尻の穴の愛し方を教えたのは私。お尻の穴で繋がったことがあるのは私だけ)

その優越感に、由香里は母親の官能を高ぶらせていく。

そのとき、拓実が不意に尋ねてきた。「ねえ母さん、こんなにアナルで感じるってことは、もしかしてオナニーもこっちの穴でしていたの?」

「ほぉうっ、そ、それは……うう、んっ」

「それは――なに? ちゃんと答えてくれないと、やめちゃうよ?」

拓実は菊座の縁に雁エラを引っ掛けた状態で、抜き差しを止めてしまう。

そして由香里の返事を促すように、くいっ、くいっと、ほんのわずかに腰を揺らした。もどかしい微悦にアヌスの急所を焦らされ、たまらず由香里は口を割る。

「し、してました。ときどき、ですけど……」

たちまち由香里の顔が燃えるような熱を帯びた。

今こうして、義理の娘とお隣さんに肛門性交まで晒しているのだが、それとはわけが違った。同性にオナニーの話を聞かれるのは、はしたなくも助平な本性を知られるのは――女としてこれ以上恥ずかしいことはない。

「じゃあ、僕が学校へ行ってる間にアナルオナニーして、帰ってきた僕を何食わぬ顔で出迎えてくれてたんだ」

由香里は羞恥に顔をしかめ、口をつぐむ。違うとは言えなかった。未亡人になる前の話だが、そういうことも確かにあった。それも、一度や二度ではない。

「アナルオナニーした手で、僕たちの晩ご飯を作っていたんだね？」

ブンブンと由香里は首を横に振る。ただそれは、己の肛門をいじった後、ちゃんと手は洗ったという意味でだ。

「ああっ……ごめんなさい、スケベな母親で」

由香里は、全身の血が煮え立つような感覚に襲われた。

だがそれは羞恥心だけが原因ではない。身体中が熱くなると同時に、熟れ肌がぞわっと粟立っていた。破廉恥なアヌスの行為を息子になじられ、背徳の興奮を高ぶらせていたのだ。

なぜなら由香里には、Mの気質があったから。

荒縄で縛られて鞭《むち》で打たれたり、熱い蠟《ろう》を垂らされたり――そこまでハードな責めを求めているわけではない。ただ、ちょっとした言葉責めや軽い折檻《せっかん》などは、由香里の劣情を煽り立てる、甘美な官能のスパイスだった。

拓実が言葉責めをしだしたのは、母のそんな性癖を見抜いたからだろうか？

わからないが、とにかく由香里はもう我慢できなくなっていた。アヌスの悦ばせ方を教えただけでは飽き足らず、息子にさらなる倒錯の学びを与えようとする。

由香里は涙声で拓実に求めた。「どうか、どうか……拓実さんの手で、こんな私にお仕置きしてください」

「え、お仕置きって……？」

「叩いてください。どこでも好きなところを、気のすむまで」

どうやら拓実は、意地悪を言ってちょっと困らせようとしていただけらしく、折檻《せっかん》を請《こ》う母の言葉に、あからさまな戸惑いの様子を見せる。

「えぇぇ……じゃ、じゃあ……ほんとに叩くよ？」

そう言った後も拓実は逡巡し、それからようやく、パンッと掌で熟臀を打った。

しかしそれは拍手をするときと同じくらいの力加減で、その程度では由香里のマゾ心はまるで満たされない。

「ああん、もっと強くぅぅ、悪い子にお尻ペンペンするみたいにっ」

「もっと？　じゃあ、こ、こうっ？」

スパーンッと小気味良い音が鳴り響いた。肉厚の桃尻に弾けたその衝撃に、由香里は思わず「ひぃんっ！」と奇声を上げる。

まさに期待どおりの力加減で、臀肉がジーンと痺れて熱くなった。

その感覚が由香里はたまらなく好きだった。もっと続けてくださいと、卑《いや》しく尻を振って、さらなる肉仕置きを求める。

「わかったよ、母さん。えいっ」

拓実も、これがただの懲罰ではないと理解したようだ。意気揚々と平手打ちを繰り返し、そして、繰り出す剛直でアヌスを掘削する。

「はひっ、んぎぃ、おぉ、お尻、お尻いぃ……叩かれて、突かれて、どっちも気持ちいいですウゥ」

「ふふっ、これじゃ全然、お仕置きにならないね。こういうプレイも、父さんから教えられたの？」

「は、はひぃ……ああ、あぁぁ、拓実さんの叩き方、お父さんとそっくりです……うっ、ふうぅ、おぉ奥ぅ、深いいぃぃ」

今度は長いストロークで肛穴が擦られまくった。菊座の縁を雁首で責められるのもたまらないが——彼の巨根が深々と嵌まると、腸壁越しに膣路の奥の肉が、ポルチオの急所が、亀頭による刺突で刺激されるのだ。それが最も由香里を狂わせるアヌスの責め方だった。

そして、タプタプと波打つ豊臀にスパンキングの豪雨が降ってくる。

「うへっ、ううぅ！　も、もおぉ、もう、おかしくなっちゃいます、わたひっ……うぎっ、イイイッ！」

痛みと、悦び。いや、痛みこそが悦び。

今の由香里にはそう思えた。ときおり息を詰まらせつつ、悲鳴の如き媚声を上げて、肉悦の極みへと女体を高めていく。

このままでも、あと数分で絶頂を迎えていただろう。しかし——

拓実は不意にスパンキングを止めると、ピストンは続行しつつ、由香里の股間に片方の手を潜らせてきた。彼の指は、素早くクリトリスを探り当てる。

（え……？）

すでにフル勃起し、包皮から飛び出していた大粒の肉豆を、拓実は親指と人差し指で挟み、次の瞬間、爪を立てる勢いで押し潰す。

「ふっ、ふんぎぃ！　いひぃぃ、イグウウゥンッ!!」

最も敏感な感覚器で、痛みと激悦が同時に爆ぜた。Mの快感にすっかり浸っていた女体は、不可避のオルガスムスに呑み込まれる。

随喜の涙を流しながら仰け反り、ガクガクと全身を打ち震わせ、口も、膣穴も、肛門も、力の限り食い縛り、締め上げた。

「くうっ、か、母さん、イッたね？　僕もイク、イクよ、ぐっ……ウウッ!!」

硬直する肛肉をなおも荒々しく擦り倒し、そして拓実もまた昇り詰める。若勃起を脈打たせ、コンドームの液溜まりに多量のザーメンを注ぎ込んだ。

5

しばらくして、アクメ酔いの表情のまま、由香里が言った。

「さあ……次は円花さんですよ」

母子相姦のアナルファックに圧倒された円花は、無意識のうちに自らの乳首をつまんで、こね回していた。硬く尖ったピンクの突起がジンジンと痺れている。女陰の方も、触って確かめるまでもなくトロトロに蕩けているだろう。

(ああ、やっと私の番ね)

下手をしたら乳首の悦だけで果ててしまっていたかもしれない。それほど円花は高ぶっていた。

なんといっても円花は、人の視線に大いに興奮する質なのだから。昼食前の３Ｐのときは、拓実を中心にして、女たちはそれぞれ別の方角を向いていた。あの配置では由香里や志織の視線を感じるのは難しかった。

今度は違う。仮に円花が嫌がったとしても、きっと由香里と志織は、肉悦に乱れる円花へ容赦ない視線を浴びせてくるだろう。

ゾクゾクしながら円花は仰向けに寝て、コンパスを広げた。

拓実はアナルセックスに使ったコンドームを取り外し、キュッと結んで、後始末を由香里にお願いする。それから円花の股ぐらにひざまずき、遠慮なく大陰唇を割り開くと、発情しきった牝肉の有様を覗き込んできた。

「わ、もうグチョグチョですね。僕と母さんのアナルセックスを見て、こんなになっちゃったんですか？」

「ふ、ふふっ、そうよぉ。あんな凄いもの見せられたら、誰だってこうなっちゃうわ。さあ、すぐに入れてくれていいわよ」

早々と挿入を促す。もし今、丹念な前戯など施されては、ペニスを嵌められる前に果ててしまいかねない。

しかしその思いは、拓実には伝わらなかった。

「なに言ってるんですか。これが円花さんとの最後のセックスなんだから、じっくりたっぷり気持ち良くしてあげますよ」

そう言うと拓実は、円花の股間に腹這いになって、舌を伸ばし、ねっとりと肉溝を舐め上げてきた。

(もう……相変わらず上手なクンニね。ああん、舌が中に入ってくるぅ)

彼は彼なりに、全力で円花を悦ばせようとしているのだろう。そして彼自身も、円花との最後の情交を思い出に残るものにしたいと考えているようである。

拓実は舌を出し入れして膣肉を舐め回し、浸み出してくる女蜜を、さも美味しそうにすすった。ネロネロ、チュプッ、ジュルルルッ。

彼の口奉仕にますます性感を高め、円花は密かに奥歯を嚙み締める。

すると拓実は、いったん膣口から唇を離し、膣前庭の真ん中に空いた小さな穴を、コチョコチョと舌先でいじくってきた。

「や、やああん、オシッコの穴なんて舐めなくていいの。汚いわよぉ」

「円花さんの身体なら、どこを舐めても平気ですよ」

健気な言葉で女心をもくすぐると、拓実は尿道口の上にある包皮を指で押し上げ、中の肉粒を剝き出しにする。

「あっ、ハウッ……ううぅん」

ラビアの合わせ目に芽吹いたクリトリスは、外気に触れただけで仄かな快美感に包まれた。さらに彼の鼻息が当たれば、なおさら心地良い。

「た、拓実くん、そこはしなくていいわよ。もう前戯は充分だから……ね？　そろそろ……ヒャウッ!?」

拓実の舌が、肉真珠の表面を丁寧に磨き上げていった。

チリチリと弾ける愉悦の火花に、円花は腰を戦慄かせた。ついに割れ目から溢れた女蜜が、双臀の谷間をツーッと流れていく。

「も……もう、ほんとに……んああっ、あっ、はひ、ひぃぃ」

高まる快感に喘ぎながら、円花はチラリと由香里と志織を見た。二人もこちらをじっと見ていた。見覚えのある視線である。円花がヌードモデルをしていたときに感じた、女性の絵描きからの視線。うっとりと見とれるような、密かにうらやむような、艶美を極めた女体に対しての複雑な憧れの眼差し。

肉悦に乱れている己の姿を、そういう視線に晒していると、羞恥心とはまた違った、背徳的な、奇妙な優越感が込み上げ、円花の官能が満たされていく。

（見て、見て、もっと……。ああ、凄く興奮するぅ）

続いて拓実は、小指の先ほどに膨らんだクリトリスに吸いついて、チュパチュパとしゃぶった。それと同時に二本の指を蜜壺に差し込んでくる。

拓実にとっては勝手知ったる女の穴。やすやすとGスポットを探り当て、曲げた指先でカリカリと引っ掻いてきた。

「あっ、ダメッ、あ、あっ、イッちゃう、イクッ……!!」

たまらず円花は、ピュッピュッと尿道口から淫水をちびらせて昇り詰めた。

女体は熱く火照り、心臓の高鳴りが耳鳴りのように響く。ハァハァと喘ぐ円花は、絶頂の感覚にぐったりと全身の力を抜いた。

しかし休息は与えられない。拓実は手の甲で濡れた顎を拭《ぬぐ》うと、すぐさま円花の身体を腰から二つ折りにしてくる。彼のペニスは雄々しく反り返り、マングリ返しの格好となった円花を早速貫いた。一息で肉楔の先端が奥まで届く。

「ううっ！　ん、んんっ！」

「さあ円花さん、いきますよ」

円花の両脚を肩に担ぎ、覆い被さるようにして、拓実は腰を使いだした。体重の乗ったペニスの切っ先が、ズブッ、ズブッと、膣底を刺突してくる。

「んおぉ、お、おほっ……ウウウッ！」

未だアクメの熱を宿し、絶頂感の名残《なごり》に痺れている肉壺には、耐えがたい激悦。

これでは、またすぐにイカされてしまう。先ほどのオルガスムスを超えた、さらなる快感の頂へと登らされてしまうだろう。

(拓実くん、そのつもりなのね？　だから前戯で一回イカせて、私を滅茶滅茶にしたいのね？)

連続アクメに狂わされること自体は望むところだった。

ただ、あっという間に次の絶頂に達してしまうのは少々困る。円花がイッてしまったら、それで彼との最後のセックスは終わってしまうのだから。

引き攣った笑顔を浮かべて、円花は言った。「ひぃんっ……ね、ねえ、拓実くん……今日はもう、三回も、射精しているし、疲れているでしょう？　そんな、頑張らなくても……もう少し、う、ううっ……ゆっくり動いてくれて、いいのよ？」

しかし、思惑どおりにはいかなかった。拓実は元気いっぱいに微笑む。

「全然大丈夫ですよ、ほらっ」

そう言って、ますます嵌め腰を励ました。

円花の言葉が完全に裏目に出てしまった。襲い来る激悦の波に、円花は唇を噛んで必死にあらがう。

（ああぁ、頭がおかしくなりそう。このオチ×チン……ほんとに気持ち良すぎっ）

まるで拷問だった。極上の快感を与えられながら、それに流されないよう耐え忍ばなければならない。血が滲みそうなほど朱唇を嚙み締め、眉間に深い皺を刻んで、飛びそうな意識を必死に繫ぎ止める。

すると、そんな思惑を拓実に見抜かれてしまった。

「円花さん……もしかして、イクのを我慢してます？」

「ううぅ……そ、そうよぉ。だって、イッちゃったら、私の番は、おぉ、終わっちゃうじゃないっ」

最後のセックスなのだから、できるだけ長く味わっていたいのだと、喘ぎ交じりに拓実に訴える。

すると拓実は、円花の耳元に唇を寄せて、耳の穴をチロチロと舐めてきた。

そして由香里たちには聞こえないように、微かな声で囁いてくる。円花さんさえ良ければ、母さんと姉さんには内緒でこれからも——と。

その提案に、円花の心は激しく揺さぶられた。

かつての円花は、セックスに快感など大して求めていなかった。愛する者同士のコミュニケーションの一つ。それ以上の行為ではなく、互いの心が満たされればそれで良かった。

（セックスの気持ち良さを知ることができたのは、拓実くんのおかげ……）

そのことには心から感謝している。しかし、それでも若き彼のことを、一人の男として愛することはできなかった。円花の年上好きは、自分でもどうにもならないほど骨身に染みついているのだ。

もし、これからも密会を続けたとして、拓実は、ただの身体だけの関係だと割り切ってくれるだろうか？　おそらく無理だろう。

円花は、両手で拓実の頬を包み、耳元から離す。真っ直ぐに見つめる。

彼の目を見れば、今でも円花への恋心を燻《くすぶ》らせているのがわかった。だから円花は、なにも言わずに首を横に振った。彼の気持ちに応えぬまま、身体だけ重ね続ければ、間違いなく今以上に彼の心を傷つけてしまうだろう。

拓実はピストンを止め、その顔を悲しげに曇らせた。

円花は彼の頬を優しく撫で、そっと囁く。「……ごめんね、拓実くん。でも拓実くんなら、きっと私よりも素敵な女性と巡り会えるわ」

ずるい言い方だとは思った。しかし、それは円花の本心だった。

しばらくして拓実は、ちょっとだけ微笑んだ。

彼の精一杯の強がりかもしれない。けれど、都合のいい解釈かもしれないが――円花のために笑ってくれたのだと思えた。

そして拓実のストロークが再開する。先ほどまでよりも、さらに激しく。

「円花さん、我慢なんてしないでください。人生で一番気持ちいいセックスにしてあげますからっ」

嵌め腰を大きく跳ねさせ、雁首まで引き抜いた剛直を根元まで一気に繰り込んできた。体重の乗った衝撃がズシンズシンと膣底に叩きつけられる。

「おうっ、おほぉ、ひっ、ひぃっ！　ああ、ううっ……わ、わかったわ、思いっ切り、イカせてぇ。一生忘れられないくらいの、ちょうだい、いいっ、いひいっ！」

肉の大杭が絶えることなくポルチオを穿ち続けた。

もはや由香里と志織に見られていることも、せっかくの視線も感じられなくなり、円花は彼がもたらす極上の快楽に脳髄を蕩けさせる。

「ひっ、ひっ、ふうぅ！　凄っ……イイッ！　すっごいの、奥から、来るっ、ウウウッ……来ちゃう、あはぁ、い、いっ、気持ちイッ……うう―っ！」

「僕も……気持ちいいですっ」額から汗を滴らせながら、拓実が叫んだ。「オマ×コがギュウギュウ締まって、うねって、奥へ奥へとチ×ポが吸い込まれます。ああッ」

自分でも気づかないうちに円花の下腹部の痙攣は始まっていた。きっと今、膣路は活き活きと蠕動《ぜんどう》し、電動の高級オナホールにも劣らぬ複雑な摩擦快感を、拓実の若勃起にもたらしているのだろう。

拓実は歯を食い縛って、ラストスパートの嵌め腰を轟かせた。ブッチャブッチャと掻き出され、撒き散らされる牝汁。八畳間に広がっていく濃密なヨーグルト臭と潮の香り。

Iカップの乳房が揺れまくり、円花の顎にペチンペチンと当たった。すると拓実が右の乳丘を寄せ上げて、「咥えて、自分でっ」と言ってくる。円花は首を持ち上げて、頂の突起に自ら吸いついた。爆乳の持ち主ならではのセルフ乳首愛撫である。

拓実も左側の乳首を咥え、前歯で甘噛みをしながら舌先を擦りつけてきた。寝ても覚めてもムズムズしっぱなしの敏感乳首から快美な媚電流が走り、円花の意識をショートさせる。

今や心のなかにあるのは肉の快楽のみ。円花の絶頂を阻《はば》むものはなにもなかった。

「むぐーっ、うっ、うっ……んもおぉ、ウグッ、ウグぅううんッ!!」

乳首を朱唇に含んだまま、円花はアクメの叫声を上げた。拓実の肩に担がれた両脚がビクッ、ビクビクッと痙攣する。

その後、間もなく、拓実は乳首を吐き出して獣の如く唸った。

「ううっ、で、で、出ますっ……グッ、クウーッ!!」

下腹の奥で、多量の液体が勢いよく噴き出す。ペニスの栓で行き場をなくしたそれは、ついには子宮の中まで熱く満たしていく――

そんな感覚に、円花は心の底から酔いしれた。

6

(ああ……とうとう私の番が来ちゃった)

4Pのときは、女たちは揃って拓実に嵌められていた。みんな一緒だから、志織は、それほど恥ずかしいとは思わなかった。

しかし今は、一人ずつ順に嵌められている。

由香里や円花があられもなく情交に乱れ狂う様を見て、自分があの立場になったらと考えると、志織は激しい羞恥心に駆られた。はしたない自分を晒して悦びを覚える趣味は、志織にはなかったのだ。

「あのぉ、お母様、円花さん……すみませんが、私の番が終わるまで、ちょっと席を外していただくことはできないでしょうか……？」

円花が不思議そうに首を傾げる。「え、どうして？」

それは、本当に理解できないと言いたげな、どうして？　だった。

志織は、円花の磨き抜かれたセクシーボディを一瞥して、

(円花さんみたいなゴージャスな身体だったら、きっと他人にセックスを見られても恥ずかしくないのね)

と、ちょっとだけイラッとする。志織も、細身《ほそみ》でありながら美巨乳を誇る自分の身体にはちょっと自信があったが、性交の痴態を堂々と人様に披露するほどではなかった。

「いや、だってそれは……お二人に見られていると、その、緊張しちゃうので……」

内心を顔には出さず、おずおずと言い訳をする志織。

だが、その訴えは無情に拒否された。

「ねえ志織さん、あなたが拓実さんの初めての女性なんですよね？　どんなふうにしてあげたのか、とても興味があるので、そのときみたいにしてくれます？」

由香里の笑顔には言いようのない圧力を感じた。愛しい我が子の貞操を奪った女と

して見られているような気がした。

「うぅ……はい、わかりました……」

悪酔いした志織が、レイプ同然に拓実の童貞を奪ったのは、紛れもない事実。そのことが義母にバレたとき、今すぐこの家から出ていきなさい！　と言われなかっただけ、ましだったのかもしれない。そう思って、志織は観念した。

拓実が首を傾げながら呟く。「えっと最初のときは……酔っ払った姉さんが後ろから僕にしがみついて、まずは手でチ×ポをしごいてくれたんだっけ？」

「そ、そうだったかしら？　うん……じゃあ、手でするわね」

志織は、後ろから拓実を抱き締めるようにした。彼の股間に手をやると、ペニスは少々うなだれていたが、志織の手筒が柔らかに握るや、たちまち元気を取り戻す。すでに四度も発射したというのに、これが鰻の力だろうか。

由香里と円花の強い視線を感じながら、志織は、鎌首をもたげたイチモツをシコシコとしごいた。微かに吐息を乱した拓実が、うっとりと呟く。

「あのときは僕も姉さんも服を着ていたから、姉さんのオッパイが背中にぴったり押しつけられる感触は味わえなかったな」

「そ、そうね……」

まだ子供っぽさを少し残している拓実だが、肩や胸板、背中などには大人の男らしい逞しさをうかがわせ始めていた。その身体の抱き心地に、志織の方もドキドキと胸を高鳴らせる。

そのうえ、二度のセックスで多量の汗を流した身体は、熱く湿った牡の臭気を立ち上らせていた。拓実の首筋から漂う濃厚なアロマを吸い込むと、その芳《こう》ばしさに志織はクラクラする。理性と羞恥心がみるみる麻痺していった。

「拓実くん……気持ちいい？」

「うん」

太マラはさらに血膨れし、ピクッピクッと脈を打つ。

掌に収まりきらない握り心地を感じながら、志織は片手で幹をしごき、片手で指の輪っかを作って、ボトルのキャップを外すような動きで雁首をゴシゴシと摩擦した。

「あぁ……はあぁ……それ、いいよぉ」

甘えるような声と共に、尿道口からカウパー腺液がドロリと溢れる。

拓実の呼吸はますます乱れ、そのなんとも切なげな雰囲気に、アラサー女の官能は高ぶっていった。牝の器官がウズウズした。

「ね、ねえ、拓実くん……あのときの再現だからって、射精するまで手でしなくてもいいわよね？　もう、入れちゃっていい？」

拓実は素直に頷いてくれる。志織が後ろからのハグを解くと、すぐに布団に仰向けに寝てくれた。そう、初めてのセックスは騎乗位だった。

志織はいそいそと彼の腰をまたぐ。膣穴の潤いはもう充分。溢れ出した花蜜が割れ目の隅々に行き渡り、左右のビラビラをぴったりと張りつかせている。それが感触でわかった。

跳ね回るわんぱく棒を握って、蹲踞《そんきょ》の姿勢で腰を下ろしていく。

充分に発達した大輪の花弁を掻き分け、膣口に亀頭をあてがうと、ズブリと差し込んだ。息を吐きながら、少しずつ剛直を呑み込んでいく。

「あんっ……ふううっ……ううっ」

二段締めの膣路の、中間にある締めつけポイントを亀頭が潜り抜けたところで、挿入をいったん止めた。

(初めてのときは、確か……こんな感じだったわよね)

記憶を頼りに、浅いストロークで抽送を始める。童貞だったときよりも逞しく発達し、膨らみを増した雁エラが、膣壁をゴリゴリと削った。

湧き上がる快感に新たな蜜が浸み出し、竿の根元までトロトロと流れ落ちていく。

(ああっ、奥まで突かなくても凄く感じちゃう)

拓実の初体験は、確かほんの一、二分で終わった。しかし、

「あのときはこれだけでイッちゃったけど、今は大丈夫だよ」

拓実の手が、志織の腰を鷲づかみにする。膝を立てて、勢いよく若勃起を突き上げてきた。ズンッと幹の根元まで一気に埋め込まれる。

「ウグッ……わ、私が襲っちゃったときの再現は、もうおしまい……？」

「そうだね。じゃあここからは、あのときのリベンジって感じで──いくよっ」

意気揚々と拓実のピストンが始まった。騎乗位とは女性が主導権を握りやすい体位だが、そんな優位はすぐに失われる。

パンッパンッパーンッという打擲音《ちょうちゃくおん》が、窓の障子やふすまを震わせた。肉の拳がアッパーの如く膣底を滅多打ちにし、ポルチオの激悦が腹の奥から込み上げる。

(気持ち良すぎるわ。最初の頃よりずっと！)

拓実の腰使いが上達したのもあるだろうが、

(きっと私のアソコが、拓実くんのオチ×チンにすっかり馴染んじゃったのね)

この若勃起が挿入されるだけでダラダラと淫蜜を垂れ流し、痺れるような肉悦に牝器官を狂わせる──

そういう身体に、そういう女に、志織は変えられてしまったのだ。

（こんな有様で、私、大丈夫かしら……）

今後はもう、彼のペニスを味わうことはできない。

拓実に抱かれることで、志織は改めて思い知った。自分の一番のストレス解消はやはりセックスなのだと。

この先の人生、オナニーだけで生きていけるだろうかと不安を覚える。

と、ポルチオの泣きどころを乱打するピストンがいったん止まった。

「こういうのも姉さんが教えてくれたんだよね」

巨根を根元まで埋め込んだ状態で、拓実は腰をくねらせ、膣底にめり込ませた亀頭でグリグリと抉ってきた。

さらに恥骨も押しつけられ、包皮の上からクリトリスがこね回される。

「んおっ、おほぉ、おううぅ……そ、そうね……けど……拓実くんは、もう……ううう……わ、私が教えてあげた以上のことが、できるようになったわ」

ピストンのときとはまた違う、じわじわと嬲《なぶ》られるような肉悦に、志織ははしたなく顔を歪ませる。

今の拓実の腰使いは実にこなれていて、童貞を卒業してから三週間にも満たないというのが、なにかの間違いのように思えた。

右に左に、ときには円を描くように、拓実は淀みなく腰をグラインドさせる。すると揉みくちゃにされたクリトリスが、ツルンッと包皮から飛び出した。小振りながらもしっかりと勃起した肉の芽が、今度は直に恥骨に押し潰される。

「ンヒイッ、あ、あぁぁ、クリと奥っ……両方、気持ちいいぃ」

めまいを覚えるほどの快感、下半身がグズグズになって溶けてしまいそうな感覚
──志織は、絶頂が目前であることを理解する。

そのとき、無言の観客に徹していた由香里が、不意に近寄ってきた。

「拓実さんがこんなに上手に女を愛せるようになったのは、志織さんのおかげなんですね。ありがとうございます。母親として、お礼をさせてくださいな」

由香里の手が、志織のFカップの美巨乳に触れてくる。やわやわと乳肉を揉みほぐし、乳首をキュッとつまんできた。

「アアンッ……そんな、いけません、お母様っ！」

「さあ、円花さんは反対側のオッパイをお願いします。女でも惚れ惚れしちゃう触り心地ですよ」

由香里に促されるや、円花もやる気満々で近づいてきて、遠慮なく乳房を鷲づかみ

にした。「失礼しまーす。うふふっ、ああ、本当に弾力が凄いですね。丸い形もとっても綺麗で羨ましいわぁ」

「あ、あっ、ダメです、お母様も円花さんも……やぁん、先っちょ、いじめないでください、うっ、ううぅ」

女二人に双乳を、頂点の肉突起を弄ばれ、倒錯した官能に志織は戸惑った。

「ううっく、オマ×コの締まりが、またさらに良くなったよ。入り口と真ん中で、互い違いにギュウギュウ締めつけてくるっ」

拓実が腰のグラインドをさらに激しくした。膣底の肉がグリッ、グリグリッと圧迫され、陰毛のブラシで剝き出しの陰核が擦られまくる。

(オッパイもアソコも、全部気持ちいい！　ダメッ、ダメえええッ！)

志織の視界でピンクの火花が散った。

女体は限界を迎え、押し寄せる絶頂感に呑み込まれた。

「身体中きぼちいッ……くうう、イックぅ、イクイクイクううッ!!」

日曜日の午後だというのに、近所迷惑になりそうな牝の遠吠えも禁じ得なかった。

だが、一方で拓実はまだ達していない。拓実は腰のくねりを止めると、アクメに打ち震えている最中の肉壺を、容赦なくピストンで擦り倒した。

「ヒッイィ!?　や、やあぁ、まっ、待っへエェ！　今は、今は、らめえぇえッ！」

しかし、ことセックスにおいては、やめて、待ってと言われて、素直に聞き入れてくれる拓実ではない。

「姉さん、姉さん、おかげで僕、セックスに自信が持てるようになったよ。最後のお礼に、姉さんを、もっともっと気持ち良くしてあげるっ」

拓実は声を弾ませると、背筋をバネのようにしならせて、腰の跳ね上げを加速させた。ただ乱暴に、無茶苦茶にペニスを抉り込んでくるわけではない。女体が痛みを覚える寸前の力加減で子宮口を掘り返し、オルガスムスで充血した膣肉をゴリゴリと掻きむしってくるのだ。

「ふっほぉ！　ンホオオォンッ！　りゃめえぇ、またイッぢゃ、ウウウッ！」

舌が回らなくなる。視界がグラグラと揺れる。

志織は狂ったように首を振り乱し、とうとう眼鏡が外れて吹っ飛んだ。これ以上は駄目。本当に駄目。セックスの気持ち良さが、入れ墨みたいに身体に書き込まれちゃう。これから先、オナニーなんかじゃ絶対に我慢できなくなる！

「イッ、イギッ……イギュうううッ!!」

ひょっとこのように朱唇を突き出し、口の端から泡交じりのよだれを垂らした志織は、膝も腰もガクガクと笑わせながら立て続けの絶頂を極めた。

だが、まだ終わらない。アクメ地獄はまだ続く。

「姉さん、僕ももうすぐイクよ。姉さんも、僕と一緒にイッて。さあ！」

「もおっ……もお一回、イケって言うのぉ!?　む、無理よっ。無理いぃひいぃ」

これ以上続けられたら本当に頭がおかしくなるような気がした。

しかし、無邪気にして無慈悲な抽送は止まらない。さらに二人の女たちの乳房責めも妖しさを増す。由香里がローションを双乳にたっぷりと垂らし、五本の指を蠢かせて、乳輪ごと妖しくくすぐった。円花は屹立した乳首をつまみ、手首を震わせてシコシコシコッと擦り立ててくる。

（あぁヒイイイイッ！　狂っちゃう、もうダメ、拓実くんのオチ×ポ！　オチ×ポないと、私、生きてイケないッ！）

乳首への刺激が性感をより高めるスイッチとなり、女体の奥から汲めども尽きぬ快楽の泉が怒濤の勢いで湧き出した。

「イグイグ、イグうぅ！　んぎゅ、ウウウウーッ!!　ふぎイイーッ!!」

二度目のアクメの荒波が収まる前に、三度目の絶頂が志織を襲った。

もはや気持ち良さもわからなくなってしまいそうな衝撃だった。自分の身体がどうにかなってしまったかのような恐怖すら覚えた。

そんななか、拓実もついに肉悦の頂点へ達する。

「うあぁ、僕もイクよっ……あっ、ううウゥゥ!!　チ×ポが、いい、イタ気持ちいいっ、クーッ!!」

爪を立てるように敷き布団のシーツを握り締め、腰を戦慄かせる拓実。ザーメンの大濁流が噴出し、高圧力で膣奥を抉る。一発、二発、三発、まだ続く。

志織は、まるで頭の中にまで白濁液が流れ込んできたみたいだった。意識が白く溶け、荒れ狂うオルガスムスの大海に沈んでいく。

(これ……多分……潮吹きじゃない……)

尿道口から勢いよくなにかを噴き出していることだけは、かろうじて気づいた。

それっきり、志織は失神した。

エピローグ

その日を最後に、拓実と未亡人たちとの蜜月は終わった。

ただ、由香里、志織との家族の仲がこじれることはなく、円花とも、淫らな関係を結ぶ前の状態に戻った。一応は——。

たまには、どうにも艶めかしい空気になってしまうことがあった。特に志織は、なにかの拍子に二人っきりになると、眼鏡のレンズ越しに物欲しげな視線を投げかけてきたりした。その後、ハッと我に返って、ばつが悪そうにそそくさと拓実の前から去っていくのだ。

むしろセックスフレンドだった円花の方が、未練なくすっきりとしているようだった。拓実が彼女の家に呼ばれることはあっても、以前のようにお茶を飲み、たわいもないおしゃべりをするだけで、それ以上のことはなにも起こらなかった。

が、二か月ほど経ったある日、拓実は愕然とする。

宮下家にやってきた円花は、なんと再婚の報告をしてきたのだ。

彼女が言うには、画家の夫を喪ってからというもの、ずっと実家の両親から再婚を勧められていたそうだ。拓実との一件の後、いろいろと思うところがあったという円花は、一度会ってみるだけ――と、人生初の見合いをしたのだそうだ。

そして、その相手の男を、思いのほか気に入ってしまったという。

向こうも並外れた美熟女の円花に一目惚れし、結局、わずかひと月ほどの交際で結婚が決まってしまった。

相手の男は円花より五つ年上の三十七歳で、彼女の本来のストライクゾーンには届いていなかった。が、円花が彼を一目見た瞬間、「この人は、私好みのロマンスグレーになる！」と、確信にも似た予感があったという。

「それまで、ゆっくり待ってみようかなって思ったの」と言い、円花は照れくさそうな苦笑いを浮かべたのだった。

そして円花は引っ越していった。実家の近くに新居を構え、新婚生活をスタートさせるらしい。最後の別れのとき、それまでにこにこしていた円花は拓実に抱きつき、涙ながらに感謝の言葉を述べた。

「新しい人生を始めようと思えたのは、拓実くんのおかげよ……」

幸せも、喜びも、時間が経てば色あせるもの。でも、だからこそ、引き篭もっていないで、どんどん新しい幸せ、喜びを見つけられるように頑張ろう――。

拓実に、それまで知らなかった女の悦びを教えられたことで、円花はそう思えるようになったのだそうだ。

それっきり彼女との関係が途絶えてしまったわけではない。ときおり彼女から、地元名産の果物などが送られてきたし、年賀状も欠かさず書いてくれた。

SNSを始めて、そのアカウントも教えてくれた。彼女の幸せそうな日々の投稿を見ていると、これで良かったのだと拓実は思う。

しかし、それでも――家が取り壊され、更地となって売りに出されたかつての甲本家の前を通り過ぎるたび、胸が締めつけられるような切なさに襲われるのだった。

その気持ちを紛らわせるため、拓実は大学で彼女を作った。いざセックスに漕ぎ着けると、三人の未亡人たちから学んだテクニックが大いに役に立った。が、長続きはしなかった。

拓実は、同じ年頃の娘にあまり恋愛感情を抱けなかったのだ。円花が拓実に対してそうであったように。

そんな内心を彼女に見抜かれてしまい、結局は喧嘩別れになった。彼女にしてみれば、いくら身体が満たされても、心が繋がっていなければセックスフレンド同然。それでは男女の交際が続かなくても仕方がない。

しかし拓実は、在学中、そんなことを何度も繰り返した。

そして拓実が大学を卒業し、就職すると、さらなる別れが訪れる。

志織が、実は一年ほど前から会社の後輩といい仲になっていて、つい最近、その彼から結婚を申し込まれたというのだ。

再婚するということは宮下家から籍を抜くということである。そのことを志織は悩んでいた。しかし由香里は、「志織さんはまだ若いんだから、このままずっと独身なんてもったいないですよ」と説得した。

亡夫の三回忌も終わったし、世間的にはなんの問題もないはず。それでも志織が踏ん切りをつけられないのは、なによりも家族を大切に思っている由香里に寂しい思いをさせたくなかったからかもしれない。

すると由香里は、「じゃあ私も再婚します。婚活します！」と言いだした。

四十二歳になった由香里だが、母性的な魅力とふくよかな熟れ肉の艶めかしさは未だ衰えることなく、初めて行った婚活パーティーでは、年上からも年下からもモテモテだったそうだ。そして、たったの三か月で、本当に再婚を決めてしまった。

由香里の夫となった男は、とても真面目で優しそうな人で、新しい家族を得た由香里は本当に幸せそうだった。安心した志織は、後輩からのプロポーズを受け、宮下家を去っていった。

拓実は、義父のことが気に入らなかったわけではない。が、夜になると、今頃あの寝室で夫婦の営みをしているのだろうか——などと考えてしまい、眠れなくなることもしばしばだった。

それで拓実は、家を出ることに決めた。由香里は猛反対したが、彼ももう立派な社会人なのだからと義父は賛成し、由香里を諭《さと》してくれた。こうして拓実は、就職した会社にほど近い町のアパートで一人暮らしを始めたのだった。

恋心を捧げた女性も、綺麗な義姉も、優しい義母も、みんな自分以外の男のものになってしまった。そのむなしさを胸に抱えたまま——。

その日、拓実は、上司の天城優子《あまぎゆうこ》と、地方の小さなホテルに泊まっていた。

食品会社に勤める拓実は、地方の工場での新規生産ラインの立ち上げのため、商品開発課の課長である彼女と一緒の出張を命じられたのだ。

工場での視察や打ち合わせは問題なく終わったが、その夜、課長と拓実をもてなす食事会が開かれ、それが思った以上に長引いた。二十三時過ぎに、予約を入れていたホテルにようやくチェックインすると、なんと手違いで一部屋しか取れていないという。今からではもう一部屋用意することはできないそうで、やむなく課長と相部屋になった。

拓実としては神に感謝したいほどの幸運だった。なにしろ課長の優子は、拓実が密かに憧れていた女性だからである。先輩の女性社員から聞き出した優子の年齢は三十六歳。学生時代には走り高跳びの選手だったそうで、身長は拓実よりも少し高く、健康的な体つきをしていた。太めの眉と吊り上がり気味の瞳が凛々《りり》しい、ハンサムレディの名がふさわしい美熟女である。

優子は、人畜無害な草食系男子っぽい拓実が襲ってくるとは夢にも思っていなかったようだ。部屋につくなり、拓実が後ろから抱きつくと、酒で赤くなっていた顔にさらに血を上らせて怒鳴り散らす。

「私を、手軽にセックスできそうな欲求不満の年増女だと思ったのっ？」

しかし拓実はひるまず、「僕、本気です。本気で課長のことが好きなんですっ」と、強引にディープキスに及んだ。

本気の告白が功を奏したのか、あるいは酒に酔っていたからかもしれない。優子はみるみる抵抗する力を失っていった。

拓実が唇を離すと、いかにもドギマギとした様子で尋ねてくる。

「わ、私、バツイチの、あなたより十歳以上も年上のおばさんよ？　ほ、本当に、本気なの？」

バツイチなのは知っていた。彼女の困惑する顔が可愛くて、拓実はたまらずベッドに押し倒した。彼女のスーツを脱がし、下着も剝ぎ取れば、いかにも元アスリートらしい、適度な筋肉によって張りのある美ボディが現れる。

拓実も素早く裸になって、すかさずクンニに挑んだ。一日の汚れの溜まった女陰の匂いと味を堪能しつつ、クリトリスに吸いついては、膣穴に舌を差し込んでほじくりまくった。すぐに愛液が溢れ、スリット内は汁だく状態となる。

「課長……優子さん、いきますよっ」

「あぁぁ、なにその大きなオチ×チン！　ま、待って、宮下くん、ゴムは……あ、あうぅぅんっ」

問答無用で挿入し、正常位でピストンを開始。アスリートだった名残か、強めの膣圧がなんとも心地良かった。軽いストロークで様子をうかがうと、彼女はＧスポットもポルチオも、ほどよく開発されているようである。

じわじわと嵌め腰を励ましては、タプタプと揺れる双乳に両手を伸ばした。

(思っていたとおり大きい。これはやっぱり、姉さんと同じFカップかな)

彼女に一目惚れした理由の一つは、この巨乳である。こうして直に見ると、さすがに二十代の若い娘と同様というわけにはいかないが、それでもなかなかの張りを保っていて、肉まんのような見事な半円形だった。

乳首の感度も良好。指先で軽く転がせば、瞬く間にピンと尖る。

つまんでこね回しながら膣穴をせっせと掘り返すと、優子は驚くほどにあっけなく昇り詰めてしまった。

「あ、あっ、ダメぇぇ、宮下くんがこんなに上手なんてっ……久しぶりなのにこんなセックスされたら、イヤッ、あはぁ、もうイッちゃうぅぅ!!」

まだ余裕のある拓実は、いったんペニスを抜き取り、アクメ感覚に戦慄いている優子の身体を強引に四つん這いにさせて、バックから再び挿入する。

「うぐぅ、ちょっ……待って、少し休ませて。み、水うぅ」

「僕がイッたら飲ませてあげますよ」彼女の腰を鷲づかみにし、拓実はピストンを再開した。青筋を浮かべて怒張する太マラで、女壺の中を勢いよく引っ掻き回す。

「んおおぉ、まるで拳を押し込まれているみたいだわ。息ができなくなりそうっ……

なのに、き、気持ちいイィ。あぁ、こんなのイヤぁ、ううっ、うおうぅ」

彼女が呻き声を漏らすと、それに合わせて褐色の菊座が、苦悶に喘ぐように収縮を繰り返した。拓実は口の中に唾液を溜め、肛門に目がけてドロリと垂らす。そして指の先で、放射状の皺が刻まれたその肉穴をそっと撫で擦った。

「ヒイイッ、な、なにぃ!? 宮下くん、どこを触って……や、やめなさいっ!」

「入れたりしないから大丈夫ですよ。穴の表面を撫でるだけです」

今はまだ、ね——と、拓実は胸の内で呟く。

いずれは肛門で乱れ狂い、アナルセックスで絶頂できるようになってほしい。乳首も開発して、四六時中、勃起が止まらないようにさせたい。乳首をいじられるだけでクリ責めを受けたみたいに昇天するような、淫らな身体に改造してやりたいと思う。

大学で付き合った娘たちにそこまでしたことはなかった。そこまでしたいと思わなかったからだ。でも、優子には違う。彼女を肉悦の虜にして、拓実とのセックスがなければ生きていけないような女にしてやりたい。

(そうすれば今度こそ、僕は好きになった人を手放さないですむ……!)

親指で菊座の表をこね回しながら、拓実は浅いピストンでGスポットの膣肉を重点的に擦り立てた。優子の喘ぎ声がさらに上擦り、「やめて、出ちゃう」と慈悲を請うてくる。

だが、拓実は容赦しなかった。彼女が潮吹きを恥じる性格なら、なおさらやめられない。羞恥心が鎖となれば、彼女はさらに拓実を拒めなくなる。離れられなくなるだろう。

「構わないから出してください。僕、優子さんが漏らしちゃうところを見たいです」

「ち、違うの、オシッコじゃなくて……うぐうぅ、ほんとにもう、出ちゃう、出るぅ、イヤッ、あああぁ、イグううぅーッ!!」

狂ったように髪の毛を振り乱した後、優子は背中を弓なりにして、全身を硬直させた。同時に尿道から勢いよく温かい液体が噴き出す。

「おお、凄い、出てる、いっぱい出てますよ。シーツがぐっしょりですっ」

食事会でビールを飲みすぎたせいか、それはただの潮吹きにしては少々芳ばしい匂いがした。拓実はニヤリと薄笑いを浮かべると、自らも女上司の子宮に向かって、長い夜の始まりを告げる迫撃砲を轟かせる。

「ぼ、僕も、ううぅ、イキます、イクッ……出るウウウッ!!」


（了）

※本作品はフィクションです。作品内に登場する
団体、人物、地域等は実在のものとは関係ありません。

禁断《きんだん》の未亡人《みぼうじん》ハーレム

〈書き下ろし長編官能小説〉

2022年9月19日初版第一刷発行

著者……………………………………………九坂久太郎

デザイン…………………………………………小林厚二

発行人……………………………………………後藤明信

発行所………………………………………株式会社竹書房

〒102-0075　東京都千代田区三番町8-1

三番町東急ビル6F

email：info@takeshobo.co.jp

竹書房ホームページ　http://www.takeshobo.co.jp

印刷所……………………………中央精版印刷株式会社

■定価はカバーに表示してあります。

■落丁・乱丁があった場合は、furyo@takeshobo.co.jp までメールにてお問い合わせください。